괴짜의 샐러드 볼

4

SALAD BOWL OF ECCENTRICS

글 = 히라사카 요미

일러스트 = 칸토쿠

흩날리는 벚꽃 속에서

"마관광살포!!"

마관광살포 in 시라카와고

변호사
브렌다가
검찰의
모순을
날카롭게
지적했다!

이의 있음!
재판 (※이미지입니다)

CONTENTS

SALAD BOWL OF ECCENTRICS

이 작품은 픽션입니다.

실제 인물, 단체, 건물, 장소, 법률, 역사, 학교, 경찰, 재판, 물리 현상 등과 다를 수 있습니다.

특히 재판.

SALAD BOWL OF
ECCENTRICS
NAME
사라
친구
나가나와 유나
주종 관계
야스나가 야요이
전 주종 관계
스즈키리 아키라
존경
가사 제공
리비아
미나카미 노아
은인
사랑
밴드 멤버
황녀님을 맡김
유미사시 아스미
밴드 멤버

ECCENTRICS
NAME
아이사키
브렌다
곤란한
아이
동경?
좋아함
단골
바보
변태
NAME
카부라야
소스케
친구
팬
NAME
타테야마
모싱에
눈뜸
부녀
관계
전 사무소
후배
좋아함
해고
네야
하루카
NAME
부자
관계
사장과
사원
SALAD BOWL
OF
ECCENTRICS
NAME
쿠사나기
이사오
캐릭터 상관도
CHARACTER
SALAD BOWL OF

지금까지의 줄거리 Ⅲ

소첩의 이름은 사라 다 오딘! 대마왕 오다 노부나가의 후예이자 천재 마술사이며 두뇌 명석하고 카리스마로 가득 찼으며 경마로 돈을 버는, 이세계에서 온 극히 평범한 12세 소녀! 가난한 탐정 카부라야 소스케의 딸로서 일본 국적을 취득한 소첩은, 초등학교에 입학하여 불과 3개월의 재학 기간 동안 학교를 장악하고 전설을 남겼느니라. 한편, 소첩의 배신(미안해!)으로 중학교에서 외톨이가 된 나가나와 유나는 예전에 자신이 도움을 받았을 때 배운 탐정 기술을 활용하여 같은 반 친구를 왕따에서 구하고, 장래에 탐정이 되기로 다짐한다. 또한 가끔 카부라야 탐정 사무소에 직접 만든 음식을 가지고 오거나 밸런타인데이에 소스케에게 초콜릿을 선물하게 되었느니라. 어라라~?(코난 표정)

소스케를 좋아하는 변호사 아이사키 브렌다와 탐정 네야 하루카도 서로 같은 남자를 노리고 있는 줄 모른 채 친교를 나눈다. 소스케의 주위에 러브 코미디의 파동이 소용돌이칠 예감.

아버지가 인기가 많으니 딸로서 기쁘구나. …그리고 졸업식이 끝난 후 소첩과 같은 반 친구들의 대화는 부끄러우니 잊어버리거라. 앞으로 토끼 드롭스 같은 장면은 나오지 않을 게다.

그건 그렇고, 어째선지 종교가인 미나카미 노아, 가수 지망생인 아르바이터 유미사시 아스미와 밴드『구세 그래스호퍼』를 결정한 리비아 말인데, 크리스마스에 소첩과의 주종 관계를 해지하고 노아에게 용돈을 받아 경마와 파칭코를 즐기면서 밴드 활동에 전념하게 되었다.『뮤지션 지망생 기둥서방』이라는 단어가 풍기는 글러 먹은 분위기. 리비아, 얼마 전까진 성실한 여기사였는데….

밴드 결성 초기엔 노아와 아스미의 음악성 차이로 분열의 위기를 맞이했으나, 예전에 리비아에게 노숙자 생활의 기초를 가르쳐준 소설가 스즈키리 아키라와 다시 만나 그에게 작사를 부탁하면서 상황이 호전되었느니라. 무려 구세 그래스호퍼는 순식간에 인기 밴드가 되어 순조롭게 메이저 데뷔가 결정되었다. 하지만 그때, 노아가 내부자 거래 혐의로 경찰에 체포당하게 되는데. 대체 어떻게 된 게냐….

CHARACTERS

SALAD BOWL
OF
ECCENTRICS

노아 NAME

직업: 피의자 NEW

성향:중립 / 혼돈

STATUS

체력: 37

근력: 21

지력: 81

정신력: 41

마력: 0

민첩성: 19

솜씨: 100

매력: 92

운: 69

친화력: 73

고소당하는 자

3월 27일 20시 42분

아이사키 브렌다, 34세, 변호사.

그녀가 사무소 겸 거주하는 맨션 부엌에서 취미인 초콜릿 만들기를 하고 있는데, 사무원 타테야마가 다가왔다.

"아가씨. 변호사 협회에서 당직 변호사 요청이 들어왔습니다."

"으음—…."

브렌다는 무심코 얼굴을 찌푸렸다.

당직 변호사 제도란— 형사 사건에서 체포, 구류를 당한 피의자가 처음 한 번만 무료로 변호사를 부를 수 있는 제도다.

피의자 본인 혹은 가족이 변호사 협회에 의뢰하면 협회에서 그날 대기 중인 변호사 중 한 사람을 골라 연락한다. 당직 변호사 의뢰는 24시간 언제든, 주말과 공휴일 상관없이 체포당한 직후부터 할 수 있다. 변호사 협회의 지명을 받은 변호사는 원칙적으로 당일 중에 접견(면회)을 가야만 한다.

일단 변호사 협회에서 보수가 나온다고는 해도 용돈 수준이다. 거의 자원봉사나 다름없다.

지식 부족으로 인해 피의자가 부당한 대우를 받는 상황을 방지하기 위한 중요한 제도이지만, 사회에 공헌하고 싶다는 의식이 조금도 없는 악덕 변호사 브렌다는 당연히 맡고 싶지 않은 일이었다.

당직 변호사로 등록할지 말지는 변호사가 임의로 결정할 수 있다. 그러나 변호사 협회에 나쁜 인상을 주고 싶지 않아서 브렌다도 어쩔 수 없이 등록했다.

손을 씻은 브렌다는 타테야마가 가지고 온 변호사 협회의 팩스를 받아들고 피의자 정보를 확인했다.

"으음, 키노시타 노아, 23세, 여성. 직업은 자원봉사 단체 대표, 뮤지션, 영상작가, CG 크리에이터, 피규어 원형사, 투자가…. 직함이 너무 많은데?"

무심코 태클을 걸자 타테야마가 담담하게 대답했다.

"흔히 말하는 하이퍼 미디어 크리에이터 아닐까요."

"그야말로 수상쩍은 직업이네."

실소를 흘리며 계속 팩스를 읽었다.

체포 이유는 내부자 거래 혐의.

내부자 거래란 상장 기업 등의 관계자를 통해 세간에 공표되지 않은 중요 사실을 알게 된 사람이 그 기업의 주식을 거래하는 행위를 말한다. 금융 상품 거래법 166조로 금지했으며, 내부자 거래를 한 사람은 5년 이하의 징역 혹은 500만 엔 이하의 벌금을 내야 한다. 게다가 내부자 거래로 얻은 재산도 몰수한다.

"젊은 여성 하이퍼 미디어 크리에이터(웃음)가 내부자 거래를 했다고…."

문장으로 적으면 파격적인 내용이었으나, 자세한 사실은 실제로 이야기를 들어보지 않으면 알 수 없다.

"어쩔 수 없지…. 타테야마, 차를 준비해줘."

"알겠습니다."

이리하여, 브렌다는 의뢰인 키노시타 노아가 기다리는 경찰서로 향했다.

3월 27일 21시 34분

경찰서 접견실에 들어간 브렌다가 혼자 의자에 앉아 기다린지 얼마 지나지 않아 맞은편 문이 열리고 피의자 키노시타 노아가 경찰관과 함께 들어왔다. 브렌다가 있는 쪽과 피의자가 있는 쪽은 아크릴판으로 가로막혀서 신체적인 접촉은 할 수 없었다.

피의자가 의자에 앉자 그녀를 데리고 온 경찰관이 바로 접견실에서 나갔다. 보통 누군가가 피의자를 면회할 땐 반드시 경찰관이 입회하여 대화 내용을 기록해야만 한다. 그러나 변호사는 입회인 없이 일대일로 피의자와 접견할 수 있다. 또한 체포되어 구류가 결정될 때까지 최대 72시간 이내엔 아무리 가족이라도 접견할 수 없으며, 접견이 가능해진 후에도 시간과 인원수에 제한이 있다. 체포 직후 언제든 몇 번이든 피의자와 접견할 수 있는 사람은 변호사뿐이다.

"처음 뵙겠습니다. 변호사 아이사키 브렌다입니다. 키노시타 노아 씨죠?"

브렌다가 확인하자 그녀는 "네." 하고 고개를 끄덕였다.

허리까지 오는 긴 검은 머리카락이 인상적인 미인으로, 옷은 아마 실내복인지 헐렁한 셔츠에 스웨트 팬츠를 입었다. 어딘가 불안한 표정을 짓고 있으나, 체포 직후인 것치고는 침착해 보였다.

브렌다가 노아를 관찰하는 동안 노아도 브렌다의 얼굴을 바라봤다.

"변호사님은 굉장히 어리, 젊으시네요."

"이렇게 보여도 서른네 살이에요."

방금 어리다고 말하려고 하셨죠, 라고 지적할 뻔한 마음을 참고 담담하게 대답했다. 의뢰인이 브렌다의 외모를 보고 당황하는 건 늘 있는 일이었다.

"키노시타 씨. 이야기를 듣기 전에 한 가지 확인하고 싶은 게 있어요. 경찰의 취조를 받으면서 이미 말씀하신 게 있나요?"

"아뇨. 변호사를 만날 때까진 아무것도 말하지 않겠다고 거절했습니다."

"잘 하셨어요."

순수하게 감탄한 브렌다가 살짝 목소리를 낮췄다.

"참고로 키노시타 씨는 과거에 체포되신 경험이 있나요…?"

"네?"

"대응도 적절하고, 경찰에 체포당하셨는데도 침착해 보이셔서요."

체포당해서 당황한 나머지 경찰이 시키는 대로 본인에게 불리한 진술을 술술 하는 피의자가 많다.

경찰은 취조 전에 묵비권과 변호사를 선임할 권리가 있다는 사실을 고지할 의무가 있으나, 변호사를 소개해주는 건 아니다. 당직 변호사 제도에 대해 (일부러)설명하지 않는 때도 있기에, 피의자는 『변호사를 선임할 권리가 있다고 해도 아는 변호사가 없으니 어쩔 수 없지.』라고 포기하고 그대로 취조에 응한다.

"전 처음이지만, 경찰에게 신세를 진 적이 있는 지인이 여럿 있어요. 우선 변호사를 부르는 게 중요하다는 이야기를 들었습니다."

"…그렇군요."

주위에 체포 이력이 있는 사람이 여러 명 있을 타입으로 보이지 않았으나, 사람은 겉모습으로 판단해선 안 된다.

"내부자 거래 혐의가 있다고 하던데요. 짐작 가시는 게 있나요?"

브렌다의 질문에 노아는 "네."도 "아니요."도 대답하지 않았다.

"경찰분들의 이야기에 따르면 제가 어느 상장 기업 중역의 가족에게 다른 회사 매수 계획이 있다는 말을 듣고 그 회사의 주식을 매수한 혐의가 있다고 했습니다."

"그게 사실이라면 내부자 거래에 해당해요."

"해서는 안 되는 일이라는 사실을 몰라도 내부자 거래에 해당하나요?"

브렌다는 네, 라고 대답했다.

"법률로 금지했다는 사실을 아는지 모르는지와 상관없이, 또한 실제로 그 거래로 인해 이익을 얻었는지 어떤지와 상관없이 관계자가 공표하지 않은 중요 사실을 듣고 주식 거래를 한 시점에 법에 저촉되죠."

"…그럼 전 유죄 판결을 받는 건가요."

"네."

"그렇군요…."

노아가 고개를 숙였다. 역시 충격을 받은 걸까.

"뭐, 내부자 거래의 경우엔 굉장히 악질적이지 않으면 징역

형을 받진 않을 거예요. 만약 벌금형으로 끝나지 않는다 해도 초범은 확실하게 집행유예를 받을 거고요. 법률로 금지한 줄 모르셨다면 정상참작의 여지도 있어요."

브렌다는 위로하듯 말했다.

'…집행유예를 받아도 전과가 생기는 건 변함없지만….'

현대 일본 사회에서 전과—『과거에 한 번이라도 범죄를 저지른 적이 있다』라는 낙인은 너무나 무겁다. 아무리 죗값을 치르고 반성하고 갱생해도 평생을 따라다니며 그 사람의 인생에 그림자를 드리운다.

고개를 든 노아가 브렌다의 눈을 똑바로 바라보며 입을 열었다.

"어떻게 해서든… 무죄 판결을 받을 순 없을까요?"

노아의 표정은 더없이 진지했다. 브렌다는 잠시 생각에 잠겼다.

"…내부자 거래의 중요한 판단 기준은 관계자가 본인의 의사로 정보를 전달했는지 어떤지에 달렸어요. 우연히 이야기를 들었을 뿐이라면 내부자 거래에 해당하지 않죠. 그리고 주식을 거래한 시점에 그 사실이 이미 공표되었는지가 중요한데— 구체적으로 두 가지 이상의 보도기관에 통보한 후 열두 시간 이상 지났다면 내부자 거래에 해당하지 않아요."

술술 대답하는 브렌다를 빤히 바라보던 노아가 중얼거렸다.

"그렇군요. 그럼 전 무죄를 주장하겠습니다."

"그러신가요. 열심히 해보세요."

"네. 선생님, 앞으로도 잘 부탁드립니다."

극히 자연스러운 말에 브렌다는 바로 고개를 저었다.

"잠시만요. 전 키노시타 씨의 변호인이 아니에요."

"그런가요?"

참고로 『변호인』이란 형사 재판의 피의자와 피고인의 변호를 맡은 사람을 뜻한다. 변호인이 반드시 변호사일 필요는 없다.

"네. 전 우연히 당직 변호사로서 여기 왔을 뿐이에요. 사선 변호인을 고용하고 싶으시다면 다른 변호사를 연결해드릴게요. 변호사 비용을 낼 수 없으시다면 국선 변호인을 부르시게 될 거고요."

당직 변호사는 주로 피의자에게 앞으로의 취조에서 구류, 기소의 흐름을 설명하거나 취조에 대해 조언을 해주거나 가족, 지인에게 연락해주는 역할이다. 당직 변호사를 그대로 사선 변호인으로 고용하는 예도 있으나, 브렌다는 그럴 마음이 조금도 없었다. 최소한의 역할을 다하고 끝낼 셈이었다.

"이대로 선생님께 변호인이 되어달라고 부탁드릴 순 없나요?"

브렌다는 살짝 빈정거리듯 웃었다.

"아쉽지만 전 형사 사건 변호는 하지 않는 주의라서요."

"이유가 있나요?"

"들어가는 노력에 비해 돈이 되지 않는 경우가 많고, 귀찮은 사람들에게 『범죄자 편을 드는 거냐!』라며 엉뚱한 비난을 받는 것도 짜증 나서요."

"솔직하시군요."

작게 웃은 후, 노아는 잠시 생각에 잠긴 표정을 지었다.

"…만약 무죄 판결을 받게 해주신다면 성공 보수로 천만 엔을 드리면 어떨까요? 물론 필요 경비는 별도로 드리겠습니다."

"하겠습니다!!"

자기도 모르게 몸을 앞으로 내밀고 즉답한 브렌다는 노아의 얼굴을 빤히 바라봤다.

"…그런데… 정말인가요? 정말 천만 엔을 내실 수 있나요?"

"네. 무죄 판결을 받는다면 그 정도는 드려야죠."

노아가 대수롭지 않게 대답했다.

'거짓말을 하는 것처럼 보이진 않는데….'

"…왜 만난 지 얼마 안 된 제게 그만한 돈을 제안하시는 거죠? 아까 말씀하셨던 지인에게 뛰어난 변호사를 소개받으실 순 없는 건가요?"

그러자 노아가 희미하게 쓴웃음을 지었다.

"교단 본부엔 부탁하고 싶지 않아서요. 게다가 전 사람을 보는 눈에 자신이 있답니다."

교단이라는 단어가 신경 쓰였지만.

브렌다는 노아를 빤히 바라봤다. 노아도 브렌다를 똑바로 바라봤다.

한동안 말없이 서로를 바라본 후.

"…알겠습니다. 키노시타 씨가 무죄 판결을 받으실 수 있도록 최선을 다하겠습니다."

이리하여, 아이사키 브렌다는 키노시타 노아의 사선 변호인이 되었다.

3월 27일 22시 14분

키노시타 노아와 접견을 마친 브렌다가 접견실을 나오자 접수처에서 젊은 여성 두 명이 직원과 싸우고 있었다.

나이는 둘 다 스무 살 전후일까. 두 사람 다 가슴이 크고 한 명은 은발, 한 명은 머리카락을 화려한 색으로 염색했다.

"그러니까—! 왜 못 만나는 건데요!"

"체포 후 72시간 이내에는 변호사를 제외한 사람은 면회할 수 없습니다."

"그럼 왜 체포당했는지 자세한 이유를 가르쳐주세요! 내부자라는 게 뭔데요!"

"전 대답해드릴 수 없습니다."

머리 색이 화려한 여성이 물고 늘어지자 직원이 조금 짜증 난 기색을 풍기며 흘끗 다른 경찰관에게 눈짓을 보냈다.

"아스미 공, 냉정하게 생각하시는 게…."

은발 여성이 곤란한 표정으로 달래도 효과가 없었다.

"경찰이 이래도 되는 건가요! 당신들은 항상 이런 식이야! 곤란할 땐 도와주지 않으면서 중요한 순간에 방해만 하잖아요!"

아마 그녀는 처음부터 경찰에게 좋은 감정이 없나 보다.

이 이상 소란을 피우면 문제가 생길지도 모른다. 브렌다는 작게 탄식하며 두 여성에게 다가가 말을 걸었다.

"혹시 키노시타 노아 씨의 지인이신가요?"

두 사람이 브렌다를 향해 의아한 표정을 지었다. 그중 머리색이 화려한 여성이 "그런데요…."라고 대답하며 고개를 끄덕였다.

"그럼 당신이 리비아 씨인가요?"

은발 여성에게 말하자 그녀가 당황한 기색을 띠었다.

"그렇습니다만, 당신은 누구시죠?"

"키노시타 씨의 사선 변호인인 변호사 아이사키 브렌다입니다."

브렌다는 은발 여성— 리비아에게 명함을 건넸다.

"일단 여기서 나가시죠. 키노시타 씨는 무사하십니다."

짧게 말한 후 두 사람을 경찰서 밖으로 데리고 나온 브렌다는, 주차장에서 대기하던 차 안으로 안내했다.

"키노시타 씨가 리비아 씨에게 전언을 부탁하셨습니다."

"노아 공이 뭐라고 하던가요?"

리비아가 되물었다.

"우선 폐를 끼쳐서 죄송합니다, 라고 하셨습니다."

"폐라니요…."

걱정스러운 표정을 짓는 리비아.

브렌다는 노아와 접견을 하던 중 몇 사람에게 서둘러 연락해달라는 부탁을 받았다. 그중에서도 리비아를 가장 우선시해달라고 다짐을 받았다.

노아의 집에 같이 사는 은발 여성으로, 같은 밴드 멤버라고 했다.

그 이상의 프로필은 가르쳐주지 않았으나, 노아의 태도를 보아 그녀에게 있어서 굉장히 소중한 사람— 아마도 연인이 아닐까 짐작했다.

브렌다는 접견 중에 쓴 메모를 읽었다.

"가택수색을 받을 가능성이 있으니 리비아 씨는 한동안 맨션을 나와 호텔에서 지내세요. 제발 경찰과 싸우지 않도록 조심하세요— 라고 하셨습니다. 현금이 필요하면 클랜 부대표인 카사이 아키토 씨나 회계 담당자인 나가사와 요스케 씨에게 연락하면 된다고 하셨습니다. 이게 연락처입니다."

두 사람의 전화번호가 적힌 메모를 리비아에게 건넸다.

클랜이란 노아가 대표를 맡은 자원봉사 단체라고 했다. 이제 부대표인 카사이에게 연락해야만 한다.

"지금 전달할 수 있는 내용은 이상입니다. 면회를 할 수 있게 되면 직접 리비아 씨에게 이야기하고 싶다고 하셨습니다."

"노아 공…. 본인이 가장 힘든 시기일 텐데 소인을 걱정해 주시다니…."

"리비아, 사랑받고 있네."

머리 색이 화려한 여성이 놀리듯이 말했다.

"변호사님, 노아 씨가 저한테 남긴 말은 없나요?"

"성함이 어떻게 되시죠?"

"유미사시 아스미예요. 노아 씨와 리비아의 밴드 동료죠."

"아뇨, 당신에겐 아무 말도 안 남기셨습니다."

"그런가요…."

브렌다의 대답에 아스미가 살짝 토라진 표정을 지었다.

노아가 서둘러 연락해달라고 부탁했던 사람은 동거인인 리비아, 클랜 부대표인 카사이, 맨션 관리인인 코바야시 신야, 전속 운전사인 니시하라 마사토, 레코드 회사 프로듀서인 츠치다 토모야 다섯 명이었다.

문득 궁금해진 브렌다가 가족에게 연락하지 않아도 괜찮겠냐고 물어보자, 노아는 어딘가 슬픈 표정을 지으며 "필요하다면 가족들이 먼저 연락할 겁니다."라고 대답했다.

'성가신 사정이 있는 의뢰인이지만 변호인으로서 최선을 다해야지.'

모든 건 천만 엔을 위해서.

3월 28일 7시 12분

탐정 카부라야 소스케와 그의 딸 사라가 사무소에서 아침을 먹고 있는데, TV에 이런 뉴스가 나왔다.

『어제 20시경, 여성 록 밴드 「구세 그래스호퍼」의 멤버 노아— 본명 키노시타 노아 용의자가 내부자 거래 용의로 구속되었습니나. 경찰의 발표에 의하면 키노시타 용의자는 올해 1월, 주식회사 히루가노 전기 관계자에게 동종업계의 타사 매수 계획을 사전 입수하여 히루가노 전기의 주식을 대량 매수한 혐의를 받고 있습니다. 키노시타 용의자가 소속한 「구세 그래스호퍼」는 어제 열린 단독 라이브에서 기프트 레코드 소속으로 메이저 데뷔 예정이라는 발표를 한 직후로—.』

메이저 데뷔 예정인 여성 록 밴드 멤버가 내부자 거래로 구속당했다는, 독특한 정보가 많은 뉴스에 관심을 가진 소스케와 사라는 TV에 주목했다.

그리고 TV에 나오는 영상을 보고 눈을 동그랗게 떴다.

"리비아?!"

TV에 예의 『구세 그래스호퍼』의 라이브 영상이 나왔다. 그 중 머리카락을 흩날리며 기타를 치는 은발 여성은 아무리 봐도 리비아 본인이었다.

“노래를 부르는 사람은『라이초』에서 아침을 먹을 때 우연히 만났던 손님이구나.”

“듣고 보니 그렇네….”

소스케와 사라는 저 여성이 1층의 노래방 카페에서 노래를 부르는 걸 들은 적이 있었다. 그때도 프로 수준으로 잘 부른다고 생각했었다.

구속당한 키노시타 노아라는 사람은 키보드 담당의 머리카락이 긴 여성인가 보다. 라이브 영상에 겹쳐 그녀의 사진과 이름, 나이가 나왔다.

“리비아, 어느새 밴드를 하고 있었구나…. 게다가 메이저 데뷔라니. 그보다 기타를 잘 치지 않느냐!”

리비아의 뛰어난 연주 기술은 아마추어의 눈으로도 바로 알아볼 수 있을 정도였다.

“그러고 보니 저쪽 세계에서도 리비아는 비파 연주 실력이 상당했었지.”

“비파? 하긴, 기타와 비슷한 현악기이긴 하네. 하지만 아무리 그래도 왜 밴드를….”

크리스마스이브에 리비아가 찾아왔을 때 들었던 이야기로는 월즈 브랜치 힐 클랜이라는 사이비 조직에서 본인을 모델로 한 야한 피규어를 만드는 일을 돕는다고 했는데. 그 후로 3개월이 지난 지금, 어쩌다 저렇게 되었는지 상상조차 할 수 없었다.

"어라? 잠깐만. 리비아가 일한다고 했던 웰즈 브랜치 힐 클랜의 대표 이름도 노아였는데…. 성은 키노시타가 아니었지만, 얼굴도 홈페이지에 올라왔던 사진이랑 똑같이 생겼어."

당시 리비아가 걱정되었던 소스케는 인터넷에 웰즈 브랜치 힐 클랜을 검색했었다. 평범한 홈페이지에 대표의 사진과 프로필도 있었다. 티벳 오지에서 수행하면서 신비로운 힘을 얻었다는 수상쩍은 소개문에 피곤해졌던 기억이 있다.

"흠. 그럼 조직에서 쓰는 이름은 가명이겠구나. 이번에 구속당한 키노시타 노아와 동일 인물이 틀림없다."

사라의 말에 소스케도 고개를 끄덕였다.

"그러게…. 즉, 리비아는 사이비 종교 단체의 교주와 함께 밴드 활동을 했다는 건가?"

"고래(古來)부터 종교와 음악은 밀접한 연관이 있느니라. 종교가가 록 밴드 활동을 해도 이상하지 않지."

"열심히 활동하는 팬을 『신자』라고 부르기도 하니까. 그렇게 생각하면 종교가와 뮤지션은 사실 비슷한 존재였나…?"

무의식적으로 생각에 잠긴 소스케.

"그런데 얼마 전 되팔이 사건도 그렇고 내부자 거래도 그렇고, 리비아의 주위에는 경제 테러리스트밖에 없는 게냐…."

"아— 미리 말해두자면, 키노시타라는 사람은 아직 『피의자』… 의심을 받고 있을 뿐 범죄자라고 확정된 게 아니야."

소스케는 만약을 위해 지적했다.

"그게 무슨 뜻이냐?"

"무죄 추정의 원칙이라고 하는 거야. 누구든 재판으로 유죄 판결이 확정될 때까진 무죄로 봐야 한다는 근대법의 기본 원칙이지."

"구속당했는데도?"

"그래. 구속당한 후 경찰과 검찰의 취조로 유죄의 증거가 충분히 모였다고 판단하면 기소하고, 재판에서 유죄 판결을 받았을 때 비로소『범죄자』가 되지."

"하지만 경찰도 근거가 있으니 체포하지 않았겠느냐?"

"뭐, 그건 그렇지만. 체포당해도 누명을 썼다는 증거가 나오거나 증거 불충분으로 석방되는 경우가 꽤 많아. 실제로 나도 치한으로 잡힌 사람의 아내의 의뢰를 받고 누명을 풀어준 적이 있거든."

"오오— 대단하구나!"

사라가 칭찬해도 소스케는 그 사건을 떠올리고 씁쓸한 표정을 지었다.

"…뭐, 결국 그 사람은 이 마을에 계속 살 수 없어서 가족이 전부 다른 동네로 이사 가는 결말을 맞이했지만."

"뭐라고? 어째서냐?"

"남편이 체포되자마자 가족이 이웃이나 학교에서 지독한 괴롭힘을 당했거든. 불기소로 석방된 후 괴롭힘 자체는 줄었지만, 예전 그대로 생활할 순 없었어. 그래서 어쩔 수 없이 다른 동네로 이사 간 거지."

"…백성들의 마음에 무죄 추정의 원칙이라는 게 뿌리내리지 못했구나."

"안타깝지만 그래."

사라의 슬픈 말에 소스케도 무겁게 고개를 끄덕였다.

"게다가 체포당한 본인뿐만 아니라 가족들까지 괴롭히다니. 이 세계의 문명은 소첩이 살던 세계보다 훨씬 진보했는데 백성들의 수준은 그리 다르지 않구나."

"그러게…. 애초에 상대가 진짜 범죄자라고 해도 아무 상관없는 일반인이 마음대로 괴롭혀도 되는 건 아니잖아. 시대와 세계가 변해도 인간의 성질 자체는 그리 변하지 않는 걸지도 몰라."

약 15분 후, 우울한 기분에 잠긴 소스케는 단골 거래처인 변호사 사무소에서 건 전화를 받았다.

04 GIFU

3월 28일 8시 47분

아이사키 변호사 사무소에 탐정 카부라야 소스케가 찾아왔다. 오늘은 딸이자 조수인 사라도 같이 왔다.

"긴급 의뢰를 하고 싶다고?"

소스케의 질문에 브렌다가 고개를 끄덕였다.

"어제 여성 록 밴드 멤버가 내부자 거래 혐의로 구속당했다는 뉴스 봤어?"

"응. 오늘 아침 TV에 나오더라."

매스컴은 브렌다가 예상했던 것보다 키노시타 노아의 뉴스를 대대적으로 다뤘다. 기후 지방 뉴스뿐만 아니라 전국적으로 보도되었다.

경찰은 용의자를 체포할 때 보도기관에 통지한다. TV와 신문이 그 통지를 보도할지 어떨지, 보도한다면 얼마나 크게 다룰지는 각 회사의 판단에 맡긴다. 굳이 말하자면 『세간의 관심을 끌 만한 화제인가』가 주요 판단 기준이다. 그래서 무명의 일반인이 경범죄를 저질렀다는 뉴스는 TV와 신문에 잘 나오지 않았다.

키노시타 노아의 경우, 「메이저 데뷔 직전의 밴드」, 「젊은 여성」, 「내부자 거래」라는 요소의 조합과 현재 다른 큰 사건이 없다는 타이밍이 겹쳤다. 그래서 노아 본인의 지명도에 어울리지 않을 정도로 큰 가치가 발생했다.

"그 뉴스가 왜?"

"내가 구속당한 키노시타 노아 씨의 변호인이 되었거든."

"진짜로?!" "정말이냐!"

소스케와 사라가 눈을 동그랗게 떴다.

"쿠후후, 정말이야."

브렌다는 두 사람의 반응에 만족했다.

솔직히 형사 사건 변호인을 맡은 것 자체가 오랜만인데, 오늘 아침부터 생각했던 것보다 훨씬 크게 보도돼서 주눅이 들었다. 그러나 이건 변호사라는 지위가 얼마나 대단한지 소스케에게 어필할 기회라고 마음을 바꿨다.

"브렌다 씨, 이혼 안건 외에 다른 의뢰도 받는구나."

"물론이지. 변호사로서 진실을 추구하기 위해 최선을 다할 거야."

브렌다는 의외라는 표정을 짓는 소스케에게 마음에도 없는 성실한 말을 말했다.

사라가 기대에 찬 눈을 반짝였다.

"그럼 그것도 하는 게냐?!"

"그거?"

"재판에서『이의 있음!』이라고 외치는 그거 말이다!"

"뭐, 재판을 하게 되면 이의를 주장해야 할 때도 있겠지."

"오오—! 보고 싶다!『이의 있음』이 보고 싶구나!"

사라가 떠들자 소스케도 덧붙였다.

"나도 보고 싶어. 재판 방청은 아무나 할 수 있지?"

"응. 희망자가 많으면 추첨을 할 때도 있지만."

"브렌다 씨의 멋진 모습을 보러 꼭 갈게."

"정말?!"

"아, 응."

무의식적으로 들뜬 목소리로 대답하자 소스케가 조금 당황한 기색을 띠었다. 브렌다는 살짝 뺨을 붉혔다.

"아, 그래. 꼭 기대하라고. 그리고 내가 승리를 거머쥐기 위해 소스케 군이 날 도와줘야겠어."

"알겠어. 뭘 하면 되는데?"

"에리구치 제작소에 관한 정보를 조사해줘."

"에리구치 제작소?"

"얼마 전 히루가노 전기가 매수한 전자기기 메이커야."

"히루가노 전기라면, 키노시타가 주식을 산 회사지?"

"맞아. 의뢰인은 사전에 히루가노 전기 관계자에게 에리구치 제작소 매수 계획을 듣고 주식을 매수했다는 혐의를 받고 있어. 소스케 군이 에리구치 제작소에 있던 사람들을 탐문해서 매수 이야기가 언제쯤 나왔는지, 누가 계획을 알고 있었는지 조사해줘."

"히루가노 전기가 아니라 매수당한 회사를 조사하라고?"

"응. 히루가노 전기 쪽은 다른 쪽으로 조사할 거야."

"그렇군."

소스케와 사라는 의뢰를 수락한 뒤 아이사키 변호사 사무소를 나왔다.

그 후 얼마 지나지 않아 다른 탐정이 브렌다를 찾아왔다.

네야 하루카.

기후현에서 가장 큰 탐정 사무소에 소속한 탐정이다.

브렌다의 특기인 이혼 안건의 경우, 우선 소스케에게 조사를 의뢰한 후 유력한 증거를 찾지 못했을 때 쿠사나기 사무소에 특별한 조사 의뢰를 하는 게 기본 패턴이다. 그러나 이번엔 처음부터 쿠사나기 사무소를 이용하기로 했다.

소스케와 사라는 재판을 기대하고 있지만, 브렌다는 가능하다면 재판보다는 불기소 처분을 받고 싶었다. 그러기 위해선 경찰과 검찰 내부 사정도 탐색할 수 있는 쿠사나기 사무소의 힘이 꼭 필요하다.

솔직히 이번 의뢰는 소스케에게 아무런 기대도 하지 않았다. 그저 쿠사나기 사무소의 조사원과 마주치지 않도록, 우선순위가 낮은 에리구치 제작소 조사를 의뢰했다.

"특이한 안건을 담당하게 되셨군요~."

네야가 평소처럼 부드러운 미소를 지으며 말했다.

"보스가 이렇게 대답하셨습니다. 물론 최선을 다해 협력하겠다고요."

"후후, 다행이네."

"실은 구속당한 사람이 저희 사무소 고객이기도 해서요."

"정말?"

"네. 그녀가 직접 사무소에 찾아온 건 아니지만, 저희 사무소에 사람을 찾아달라는 의뢰를 한 적이 있어요. 혹시 월즈 브랜치 힐 클랜이라는 단체를 알고 계시나요?"

"의뢰인이 대표를 맡은 자원봉사 단체지?"

"아, 그건 겉모습이고, 실태는『킨카의 나뭇가지』의 하부 조직이에요. 구속당한 키노시타 노아는 교조인 미나카미 쇼헤이의 딸이고요."

네야가 시원스레 진상을 말하자 브렌다의 뺨이 경련했다.

킨카의 나뭇가지는 토카이 지역을 중심으로 신자를 늘린 신흥종교다. 영감상법이나 마인드 컨트롤 등 수상한 소문이 끊이지 않는 단체다. 과거에 몇 번 간부가 구속당한 적도 있으나, 전부 불기소 처분을 받았다.

'키노시타 씨가 말했던 교단이라는 건 킨카의 나뭇가지를 가리키는 거였구나…. 내부자 거래로 갑자기 구속 구류를 당해서 이상하다고 생각했는데….'

형사 사건의 용의자가 되어도 도주나 증거 인멸의 가능성이 없는 사람은 신병을 구속하지 않고 자택에서 취조를 하는 경우가 많다.

특히 내부자 거래 용의자는 사회적 지위가 탄탄한 인물이 많아서, 이번처럼 갑자기 체포당하는 일은 드물다. 그러나 반사회적 조직의 우두머리인 노아는『도주나 증거 인멸의 가능성이 있다』라고 판단했을 거다.

"선생님, 정말 변호를 맡아도 괜찮으실까요?"

네야가 조금 걱정스러운 표정을 지었다.

"…의뢰인의 신원이 어떻든, 난 늘 그래왔듯 변호사로서 최선을 다할 거야. 어떤 수단을 쓰든 간에."

브렌다는 대담한 미소를 지으며 대답했다.

3월 28일 8시 43분

브렌다가 탐정들과 만나고 있을 때, 같은 시각 경찰서 취조실에선 키노시타 노아의 취조가 시작되었다.

내부자 거래와 같은 경제 범죄의 경우에는 체포와 취조를 경찰이 아니라 검찰이 하는 경우가 많다. 그러나 이번엔 여러 특수한 사정으로 통상적인 형사 범죄와 똑같이 경찰이 먼저 취조하게 되었다.

취조를 담당한 사람은 카니 아야나 순사부장, 26세.

피의자가 젊은 여성이라 같은 여성이 대화하기 편할 거라는 안이한 발상에 근거하여 담당자를 선택했다.

"당신은 주식회사 히루가노 전기가 주식회사 에리구치 제작소를 매수할 계획이라는 사실을 히루가노 전기 상무이사인 세키타 히로아키 씨의 아들, 세키타 유마 씨에게 듣고 이 사실이 공표되기 전에 히루가노 전기의 주식을 매수하셨죠?"

카니가 담담하게 질문했다.

"글쎄요…. 잘 모르겠습니다."

노아는 평온한 얼굴로 살짝 고개를 갸웃거렸다.

"올해 1월 13일, 당신이 히루가노 전기의 주식을 매수한 기록이 있습니다."

카니는 증권거래감시위원회에서 제출한 거래 기록 복사본을 노아에게 보여줬다.

증권거래감시위원회(증감위)란, 증권 시장에서 공정한 거래를 확보하기 위한 조직이다.

부정 거래를 하지 않았는지 일상적으로 시장을 감시하고, 수상한 움직임(구체적으로는 기업 매수와 같은 중요 사실이 공표되기 전에 주식을 대량 거래하는 등)을 발견하면 조사한다. …다만, 이번 내부자 거래를 고발한 주체는 증권감시위원회가 아니다.

"히루가노 전기의 에리구치 제작소 매수가 발표된 건 5일 후인 1월 18일입니다."

"그렇군요."

여전히 표정을 무너뜨리지 않는 노아를 보고, 카니는 짜증을 느끼면서도 본인의 감정을 겉으로 드러내지 않으려고 조심했다.

"왜 이 타이밍에 히루가노 전기 주식을 매수하셨죠?"

"우연입니다."

"우연히, 아무런 근거 없이 주가가 올라가기 직전인 회사의 주식을 대량 매수하셨다는 말씀이신가요?"

"아무런 근거도 없이 매수한 건 아닙니다."

"네?!"

카니가 허를 찔린 표정을 짓자 노아가 미소 지었다.

"전 컴퓨터로 음악과 영상을 만들어요. 작년에 산 PC 냉각 부품이 히루가노 전기의 신제품이었죠. 그 부품이 너무 좋아서 이 제조사는 성장할 거라고 확신했습니다."

카니는 컴퓨터에 대해 잘 모르지만, 노아가 히루가노 전기의 제품을 쓴다는 말은 아마 사실일 거다. 자택을 조사하면 바로 알 수 있는 거짓말을 할 리 없다.

이대로는 결말이 나지 않을 거라 판단한 카니는 공격 방법을 바꿨다.

"…그러고 보니 키노시타 씨는 웰즈 브랜치 힐 클랜이라는 자원봉사 단체의 대표이시죠."

"네."

조사 자료를 읽으며 질문하자 노아는 순순히 긍정했다.

"…세키타 유마 씨도 클랜의 멤버죠?"

"죄송합니다. 인원이 100명 이상이라 멤버의 이름을 전부 기억하진 못합니다."

"그러고 보니 멤버가 100명 이상이네요. 당연히 못 외우시겠죠."

"네."

"당신은 다른 멤버와 함께 활동하지 않으시나요?"

"네. 다른 분들 앞에서 이야기하는 시간이 있긴 해도, 간부가 아닌 분과 직접 대화하는 경우는 거의 없습니다."

"세키타 유마 씨와 면식이 없다는 뜻인가요?"

"모르겠습니다. 인사를 한 적은 있을지도 모르죠."

"…클랜 활동 거점에 고해실이라는 방이 있다고 하던데요."

순간 노아의 어깨가 움찔 움직였다.

"잘 아시는군요."

"고해실이란 뭘 하는 장소인가요?"

"다른 사람에게 말할 수 없는 고민이나 본인의 잘못을 신께 고백하는 장소입니다."

"성당에 있는 고해실과 똑같다고 생각해도 괜찮을까요?"

"그렇죠."

천주교 교회인 성당의 고해실은 신께 죄를 고백하고 용서받기 위한 장소다. 그러나 실제로는 칸막이 너머에 있는 사제에게 죄를 고백하고 사제가 신께 의사를 전하는 시스템이다.

"그럼 교회의 고해실과 똑같이 칸막이 너머에서 사제가 이야기를 듣고 있나요?"

"저희 클랜엔 사제가 없습니다."

"그럼 누가 있죠?"

"칸막이 너머엔 아무도 없습니다. 다른 사람에게 말할 수 없는 고민을 신께 고백하고 마음의 평온을 얻기 위한 방이니까요."

노아는 클랜 거점에 있는 고해실이라는 방에서 세키타 유마에게 히루가노 전기에 관한 중요 사실을 듣고 주식 거래를 했다— 그게 경찰의 견해였다.

"클랜 마스터 룸… 즉 당신이 쓰는 방과 고해실은 문 하나를 사이에 두고 연결되어 있죠?"

"정말 잘 아시네요. 클랜 분께 들으셨나요?"

"제가 질문하고 있습니다. 당신은 언제든 고해실에 들어간 사람의 이야기를 들을 수 있어요… 그렇죠?"

"이론상으로는 그럴지도 모르죠."

"고해실 이용은 예약제라, 정해진 시간에만 쓸 수 있다고 하더군요. 게다가 요금을 내야 한다던데요. 혼잣말을 하는 방이라면 상시 개방해도 괜찮지 않나요?"

"고해가 끊임없이 들어오면 신께서도 힘드실 테니까요."

"이용자들은 클랜 마스터에게 직접 자기 이야기를 고백하기 위해 돈을 내고 고해실을 사용한다는 정보가 있습니다만?"

"어머. 왜 그런 착각을 하신 걸까요."

"음…."

카니가 노아에게 날카로운 시선을 보냈으나, 그녀는 태연하게 받아넘겼다.

'반드시 인정하게 할 거야.'

카니는 결의를 새롭게 다졌다.

"뭐, 시간은 많으니까요. 천천히 이야기해볼까요."

"잘 부탁드립니다."

노아는 위압감을 담아 말한 카니를 향해 여전히 부드러운 목소리로 대답했다.

3월 28일 12시 26분

카니 아야나는 세 시간 이상 키노시타 노아를 취조했다.

그 결과.

"취조하는 사람이 반대로 함락당하면 어떻게 해?!"

카니의 상사 시라토리는 자백을 받아내지 못했을 뿐만 아니라 노아에게 정보를 착취당하고 취조실을 나온 그녀에게 화를 내며 소리쳤다.

시라토리 류야 경부, 39세. 어젯밤 노아의 맨션에 찾아간 형사 중 한 사람이다.

'젠장, 부모의 후광으로 하부 조직 운영을 맡았을 뿐인 여자애인 줄 알고 방심했어…. 아무리 모자란 사람이라고 해도 100명이 넘는 조직의 지도자인데.'

키노시타 노아는 내부자 거래 혐의를 일관되게 부인했다.

대수롭지 않은 화제에는 대답하지만, 카니가 가끔 섞어서 말하는 핵심적인 질문에는 대답을 얼버무리면서 본인에게 불리한 진술을 교묘하게 피했다.

그뿐 아니라 교묘한 화술로 카니와 잡담을 나누면서 반대로 긴장한 그녀의 마음속에 파고들었다.

"형사라는 직업은 정말 힘드시겠네요…. 여성분이라서 힘든 점도 있을 거고요…."

"내 말이! 내가 어떤 상황인지 알겠어?"

"네. 그래도 전 같은 여성으로서 시민을 위해 열심히 노력하는 카니 씨를 존경해요. 부디 여기 있는 동안만이라도 절 친구라고 여기고 편하게 말씀해주세요."

"응…! 그럴게…!"

정신 차리고 보니 카니는 자신의 성장 과정과 경찰이 된 동기, 일할 때와 사적인 시간에서 느끼는 피로와 불만까지 노아에게 전부 털어놓았다.

게다가.

• 이번 내부자 거래 혐의가 거론된 이유는 노아에게 중요 사실을 가르쳐준 걸로 보이는 세키타 유마 본인이 자백했기 때문이라는 사실.

• 자수한 덕분에 세키타 유마는 도주 위험이 없다고 판단하고 체포 구류를 당하지 않은 채 자택에서 취조를 받고 있다는 사실.

• 현재 노아가 내부자 거래를 했다는 근거는 세키타 유마의 진술과 세키타가 고해실에서 이야기했을 때의 녹음 데이터(세키타의 목소리만 녹음되었다), 히루가노 전기가 매수를 발표하기 직전에 노아가 주식을 대량 매수한 기록뿐이라는 사실.

• 이번 체포의 진정한 목적은 노아 및 웰즈 브랜치 힐 클랜의 상부 조직인 신흥종교 『킨카의 나뭇가지』를 혼란 시킬 목적이라는 사실. 구체적으로 이번 체포를 계기로 여죄를 추궁하여 클랜, 나아가서는 킨카의 나뭇가지에 수사의 손을 뻗기 위한 작전이라는 사실.

• 이유는 알 수 없지만 노아가 갑자기 밴드 활동을 시작한 건 경찰도 이미 파악하고 있었으나, 메이저 데뷔를 할 줄은 몰랐다는 사실. 메이저 데뷔 발표와 체포가 겹쳐 큰 뉴스거리가 된 건 경찰에게 있어서도 예상 밖의 사태라는 사실.

…이런 식으로 카니는 피의자가 알아선 안 되는 정보(딱히 말하면 안 된다는 규정은 없으나, 피의자와 변호인이 알면 대책을 세울 수 있기에 경찰은 최대한 자신들이 가진 카드를 숨기려고 한다)까지 전부 털어놓고 말았다.

"후후후…. 말씀 잘 들었어요. 카니 씨의 배려와 상냥함은 경찰의 미래를 위해 반드시 필요할 거예요."

노아의 자애 넘치는 눈빛에 어째선지 흡족한 표정을 짓는 카니.

상황을 지켜보던 시라토리 경부가 취조실에 들어갔을 땐 이미 모든 게 늦었다.

현재 노아는 취조실 안에서 다른 형사의 감시를 받으며 유유히 점심을 먹고 있었다. 참고로 본인 부담(경찰에서 제공하는 음식이 아니라 자비로 외부 음식을 주문하는 것)으로 새우튀김 덮밥을 먹었다.

"정말 죄송합니다! …노아 씨와 이야기하는 동안 제가 생각해도 신기할 정도로 입이 가벼워졌어요…!"

시라토리는 깊이 머리를 숙이고 사과하는 카니를 보며 크게 한숨을 쉬었다.

"이제 됐어. 앞으로 취조는 내가 하지."

십수 년 이상 전부터 사이비 의혹으로 지켜봤던, 몇 번 간부를 체포했는데도 기소하지 못한 채 법적 처분을 피해온『킨카의 나뭇가지』.

그 아성을 무너뜨릴 수 있다면 형사로서 큰 공을 세우고 승진할 게 틀림없다.

TV에서 실명 보도를 한 건 안타깝지만, 키노시타 노아는 시라토리에게 출세의 발판이 될 거다.

시라토리 류야는 눈동자에 강한 결의와 야심을 담으며 노아에게 위압감을 주기 위해 일부러 거칠게 취조실 문을 열었다.

3월 28일 18시 35분

"…시라토리 씨도 함락당하셨잖아요."

여섯 시간 후. 카니가 한심하다는 눈빛으로 취조실을 나온 시라토리를 맞이했다.

시라토리의 눈에 눈물이 글썽였다.

"키노시타는 불쌍한 아이라고…."

취조 담당이 여성인 카니에서 우락부락한 남성 형사 시라토리로 바뀌어도 노아의 태도에는 변화가 없었다.

대수롭지 않은 화제에는 대답했으나 본인에게 불리한 질문에는 철저하게 묵비권을 관철했다.

속을 태우던 시라토리가 위협하는 언동을 보여도 겁먹은 표정을 짓지 않았다.

시라토리의 취조가 시작된 지 세 시간 정도 지났을 무렵.

"화장실에 가고 싶은데요."

노아가 말을 꺼냈다.

"하, 순순히 죄를 인정하면 얼마든지 보내주지. 그러지 않으면 여기서 볼일을 보던가!"

시라토리는 반사적으로 규범에 어긋나는 발언을 하고 말았다. 노아가 방금 시라토리의 말을 변호사에게 보고하면 곤란하다. 이미 엎지른 물에 초조해하자, 노아는 진지한 표정으로 말했다.

“그럼 적어도 양동이 같은 걸 빌려주실 수 있을까요? 형사님의 발이 더러워질지도 모르니까요.”

“정말 여기서 볼 건가?!”

노아는 미소 지었다.

“어렸을 땐 자유롭게 용변을 보는 것도 허락받지 못해서 자주 소변을 지렸거든요.”

“…아, 아까 한 말은 농담이야. 화장실은 마음대로 가도 돼.”

“감사합니다.”

그렇게 화장실에 갔다가 돌아온 노아는 시라토리에게 그녀의 비참한 성장 과정에 관해 이야기했다.

교조인 아버지 아래에서 수행이라는 명목으로 받은 갖은 학대.

교단이 운영하는 깊숙한 산속 마을에서 생활하며 초등학교도 다니지 못했다.

교조의 딸이라는 특별한 입장인 노아는 마을에 사는 다른 아이들(신자의 아이, 흔히 말하는 모태 신앙)과 노는 것조차 허락받지 못했다.

노아의 말투가 너무나 평온해서 더욱 비장한 분위기를 풍겼다.

정신 차리고 보니 시라토리는 노아를 깊이 동정하며 어느새 눈물을 머금고 있었다.

“…조금 전에… 화를 내서 미안해.”

노아는 본인의 엄한 태도를 사과하는 시라토리에게 미소 지었다.

"아뇨. 사실은… 조금 기뻤어요."

"기뻤다고?"

"네. 제 아버지는 제가 뭘 하든 소리를 지르지 않고 담담하게 명령하셨거든요…. 큰 소리로 꾸짖어주시는 형사님의 모습을 보고 이런 게 평범한 가정의 아버지구나, 라는 생각을 했어요."

그 말이 업무에 치여 처자식과의 관계가 싸늘해진 중년 형사의 마음에 스며들었다. 시라토리는 완전히 함락당했다.

이런 불쌍한 아이에게 무슨 짓을 한 걸까.

"미안해…. 내가 잘못했어…."

"후후…. 부디 제게 마음 쓰지 마세요. 아버님은 본인이 맡은 업무를 열심히 하고 계실 뿐이에요."

노아는 눈물을 흘리며 계속 사과하는 시라토리에게 상냥한 위로의 말을 건넸다.

3월 28일 18시 42분

아이사키 브렌다는 키노시타 노아와 두 번째 접견을 위해 경찰서를 방문했다.

접견실 의자에 앉아 잠시 기다리자, 트레이닝복을 입은 노아가 경찰관과 함께 방에 들어왔다.

수갑도 포승줄도 묶지 않았다. 손에는 플라스틱 초밥 통을 들고 있었다.

"혹시 식사 중이셨나요?"

브렌다의 질문에 노아가 고개를 끄덕였다.

"네. 취조가 끝나고 조금 전 주문한 저녁을 배달받은 참이었어요."

"본인 부담으로 주문하셨군요."

"네. 선생님이 조언해주신 대로."

어젯밤 브렌다는 장시간에 걸친 취조와 우울한 유치장에서의 생활을 버티려면 체력과 기력이 중요하니 식사는 되도록 본인 부담으로 영양가 있고 맛있는 음식을 주문해 먹으라고 조언했다.

유치장에서 제공하는 식사는 절대 나쁘지 않다. 영양 균형이 잡힌 제대로 된 음식이다. 그러나 머리를 움직이기 위해선 꼭 필요한 당분이 부족하고, 외부 도시락집에서 가져오기 때문에 음식이 식어서 맛이 떨어진다.

"전 신경 쓰지 말고 드세요."

브렌다가 말하자 노아는 "감사합니다."라고 인사한 후 초밥

통 뚜껑을 열고 초밥을 먹기 시작했다.

"…본인 부담으로 초밥을 주문하시다니, 강하시네요."

본인 부담으로 주문할 수 있는 메뉴는 유치장에 따라 다르지만, 이렇게 비싼 초밥까지 주문할 수 있는 줄은 몰랐다.

"형사님께서 배달 주문을 할 수 있는 음식이라면 뭐든 주문해도 괜찮다고 특별히 허락해주셨어요."

"그렇군요."

형사가 그런 허락도 해주는 건가…. 브렌다는 고개를 끄덕였다.

"드시면서 말씀하셔도 괜찮습니다. 취조 내용을 말씀해주시겠어요?"

"네."

고개를 끄덕인 노아는 취조를 받으며 형사에게서 얻은 정보를 브렌다에게 전했다.

『(피의자가)취조를 받으며 형사에게서 얻은 정보』라는 말에 위화감을 느꼈으나, 그렇게밖에 표현할 수 없었다.

브렌다가 쿠사나기 사무소의 힘을 써서 입수할 예정이었던 경찰이 가진 비장의 패. 그걸 알아냈으니 이 승부는 이긴 거나 마찬가지다.

"쿠후후… 쿠후후후후후…!"

치밀어오르는 웃음을 참지 못한 브렌다의 반응에 노아가 고개를 갸웃거렸다.

"선생님, 왜 그러세요?"

"아뇨, 실례했습니다…. 너무나 의외의 전개에 저도 모르게 웃음이 나왔어요."

"제 이야기가 도움이 되었나요?"

"도움이 되었을 뿐만 아니라… 이 정보가 있으면 반드시 불기소 처분을 받으실 수 있을 거예요."

"정말인가요?"

"네. 바로 당신을 여기서 꺼내드릴게요."

"후후… 선생님, 믿음직스럽네요."

"쿠후후… 제게 맡기세요."

종교가와 변호사 두 사람은 악독한 미소를 지었다.

3월 28일 19시 57분

브렌다와 접견을 끝낸 노아는 유치장의 감방으로 돌아갔다.

노아가 지내는 감방에는 그녀 외에 세 명의 여성이 있었다.

후지타 미키, 물건을 훔치다 잡힌 46세 독신 여성.

조안나 페레일라, 대마 소지로 잡힌 31세 브라질인.

소메타니 치호, 특수 사기로 잡힌 24세 아르바이트생.

세 사람 다 구속이 처음이 아닌지, 유치장 생활에도 익숙해 보였다.

"노아 씨, 늦었잖아—. 기다리다 지쳤어."

소메타니가 친근한 목소리로 말했다.

"취조받느라 힘들었죠?"

후지타가 걱정스러운 표정으로 물었다.

"아뇨, 힘들진 않았어요. 형사님도 친절하게 대해주셨고요."

노아가 미소 지으며 대답했다.

그때 조안나가 말했다.

"노아, 그보다 빨리 다음 이야기를 들려줘. 구세주 리비아님 이야기 말이야!"

"후후후, 알겠습니다."

감방이 화기애애한 분위기에 감싸였다. 유치장은 범죄자를 억압해두는 공간이 아니기에, 소란을 피우지 않는 한 기본적으로 대화를 나누는 건 수감자들의 자유의사에 맡겼다. 그러나 이렇게까지 화목한 감방은 이곳뿐이었다.

어젯밤 소등 시간이 지난 후 이 감방에 들어온 노아는, 오늘 아침 세 사람과 처음 대화를 나눴다.

그리고 아침에 일어나서 취조가 시작될 때까지 약 세 시간 동안 세 사람의 마음을 완벽하게 장악했다.

세 사람 다 죄목도, 태어나고 자란 환경도 달랐으나, 사회의 밑바닥에서 살고 있다는 공통점이 있다.

G.O.D.
MICHIBIKI

그런 세 사람에게 노아가 이야기해준 진짜 구세주의 존재는 구원의 빛이나 다름없었다.

"자유로워지면 여러분도 꼭 클랜에 들어오세요. 분명 본인이 해야만 하는 일을 찾을 수 있을 거예요—."

세 사람은 황홀한 표정으로 노아의 이야기에 귀를 기울였다.

3월 28일 15시 56분

노아가 경찰서에서 포교하는 동안, 리비아는 변호사가 전해준 노아의 메시지에 따라 호텔로 거처를 옮겼다. 아스미도 같은 방에서 머물기로 했다.

노아와 만나지 못한 지금, 두 사람이 할 수 있는 일은 아무것도 없다. 일단 목욕을 하기로 했다.

이 호텔엔 사우나가 딸린 커다란 목욕탕이 있다. 두 사람은 바로 사우나에 들어갔다.

"앞으로 어떻게 될까~…."

난로 앞에서 열기를 쬐던 아스미가 가라앉은 목소리로 말했다.

"글쎄요…. 어떻게든 되겠죠…."

마찬가지로 머리가 돌아가지 않는 표정을 지은 리비아가 대답했다.

"리비아는 달관했구나—."

"지금까지도 많은 일이 있었으니까요…."

기후에 전이한 이후 겪었던 파란만장한 나날을 떠올리고 쓴웃음을 지었다.

"노아 씨는 괜찮을까~…?"

"괜찮다고 믿고 싶습니다…. 지독한 고문을 당하지 않으면 좋겠습니다만…."

"아무리 그래도 일본 경찰이 피의자를 고문하진 않겠지."

"그런가요?"

"아, 아마도."

아스미가 조금 자신 없는 목소리로 대답했다.

"그보다 노아 씨가 정말 내부자 거래를 했을까?"

아스미의 말에 리비아는 잠시 침묵했다.

"……했다고 하더라도 위화감이 들지 않는군요."

대답을 들은 아스미가 쓴웃음을 지었다.

"그러게—…. 어린 나이에 그렇게나 돈이 많잖아. 솔직히 나쁜 짓을 하는 게 아닐까 생각한 적이 있어."

"실제로 소인과 만나기 전까진 악랄한 수법으로 돈을 모으고 있었고요…."

"그랬구나…."

아스미가 탄식했다.

"하지만 노아 씨가 없었다면 밴드 활동이 지금처럼 순조롭지 않았을 거야…."

"그건 틀림없습니다."

노아는 작곡뿐만 아니라 레코딩 스튜디오와 라이브 하우스 준비, 웹사이트 제작과 동영상 편집 등 밴드를 전면적으로 지지해왔다.

"앞으로 어떻게 될까~…."

"글쎄요…. 어떻게든 되겠죠…."

"…대화가 처음으로 돌아갔네."

"그러게요."

두 사람은 쓴웃음을 지었다.

"슬슬 나갈까."

"네."

사우나에서 나와 냉탕에 몸을 담근 후 의자에서 휴식.

그리고 다시 사우나, 냉탕, 휴식을 두 번 반복했다.

평소엔 황홀한 기분을 맛보며 모든 고민에서 해방되어야만 했다. 그러나 이날만큼은 몇 번을 반복해도 황홀한 기분을 맛볼 수 없었다….

3월 29일 18시 24분

다음 날.

구세 그래스호퍼가 데뷔할 예정이었던 음악 회사— 기프트 레코드의 프로듀서 츠치다 토모야가 도쿄에서 기후로 찾아왔다.

리비아와 아스미는 머무는 호텔 근처 카페에서 츠치다를 만났다. 츠치다는 눈가에 짙은 다크서클이 생겼고 안색도 나빴다.

"…아쉽지만 메이저 데뷔 건은 백지로 돌리겠습니다."

인사를 하사바사 츠치다가 무거운 목소리로 말했다.

리비아와 아스미도 예상했던 일이었으나 역시 충격을 금치 못했다.

"노아 씨는 아직 구속 상태일 뿐 유죄라고 결정된 게 아닌데요?!"

아스미가 거칠게 항의했으나, 츠치다는 나약하게 고개를 저었다.

"그건 저희도 알고 있습니다. 하지만 아티스트란 인기 장사입니다. 구속당했다는 것만으로도 세간의 이미지가 나쁘죠. 드라마 주제가 이야기도 사라졌으니, 당신들을 대대적으로 선전하기 위해 준비해온 시간도 돈도 전부 날아가 버렸습니다…. 저도 책임을 져야만 하고요…."

츠치다가 영혼이 빠져나오는 듯한 한숨을 쉬었다. 이렇게나

약한 모습을 보이자 아스미도 더는 아무 말도 할 수 없었다.

"그럼 전 이만…."

츠치다가 자리에서 일어나 비틀비틀 힘없는 발걸음으로 카페에서 나갔다.

동시에 아스미의 눈에서 눈물이 흘렀다.

"…드디어… 드디어 꿈이 이뤄질 거라 믿었는데…."

"아스미 공… 부디—."

리비아가 달래고 격려하는 말을 건네기 전에—.

"좋아—!"

벌떡 고개를 든 아스미가 물수건으로 눈물을 거칠게 닦았다.

"아, 아스미 공…?!"

"어쩔 수 없지! 또 처음부터 다시 시작하는 수밖에!"

밝은 목소리로 외친 아스미는 리비아를 향해 활짝 웃었다.

명백히 허세를 부리는 웃음이었으나, 리비아는 그런 아스미의 태도에 감명받았다.

"아스미 공의 말이 맞습니다. 이번에는 아쉽게 끝났어도, 데뷔 직전까지 갔다는 사실은 변함없습니다."

"그래! 우리에게 또 데뷔 이야기가 들어올 거야!"

"소인도 그렇게 생각합니다!"

"그럼 바로 집에 가서 신곡을 준비하자. 지금까지 노아 씨에게 의지하기만 했잖아. 나도 작곡이나 영상 편집을 할 수 있도록 공부해야겠어!"

리비아는 힘차게 외친 아스미를 보며 진심으로 존경했다.

3월 31일 8시 47분

노아가 체포된 후 72시간이 지났다. 드디어 변호사 외에도 면회가 가능해졌다.

리비아와 아스미는 곧바로 노아를 만나러 경찰서를 찾아갔다.

일반인 면회가 가능한 시간대는 평일 8시 30분부터 17시 15분 사이. 12시부터 13시는 점심시간이라 면회를 할 수 없다. 한 번에 면회할 수 있는 인원은 세 명까지, 면회 시간은 15분에서 20분 정도다. 또한 변호사의 접견과 달리 반드시 경찰관이 입회한다.

접견실이 비지 않았거나 취조 도중일 때는 기다려야 하지만, 다행히 이번엔 접수하자마자 바로 접견실로 안내 받았다.

리비아와 아스미는 몰랐으나, 피의자가 혐의를 부인하는 경우, 증거 인멸과 사실 은닉을 방지하기 위해(피의자를 정신적으로 궁지에 몰기 위해서라는 측면도 있다) 72시간 후에도 면회가 금지되는 경우가 많다. 그러나 이번에는 그러지 않았다. 노아는 경찰서에서 완전히 특별 대우를 받았다.

잠시 기다리자 노아가 경찰관과 함께 접견실에 들어왔다.

겉보기엔 안색도 좋고 발걸음도 비틀거리지 않았다. 리비아는 일단 안도했다.

"폐를 끼쳐서 죄송합니다."

의자에 앉은 노아는 입을 열자마자 리비아에게 사과하며 머리를 숙였다.

"전 괜찮습니다. 노아 공이야말로 괜찮으십니까?"

"제 걱정은 하지 마세요. 리비아 님이야말로 불편하신 점은 없나요?"

"메이저 데뷔가 물 건너갔어요."

아스미가 끼어들었다. 그 말을 들은 노아가 표정을 흐렸다.

"역시 그렇게 되었군요…. 하지만 안심하세요."

"네?"

아스미가 고개를 갸웃거렸다.

"전 범죄자가 아닙니다. 아무런 잘못이 없는데도 불구하고 계약을 일방적으로 파기한 건 용서할 수 없는 행위예요. 아마 고소하면 저희가 이길 겁니다."

"정말요? 메이저 데뷔를 할 수 있다는 뜻인가요?"

"네."

"…하지만 재판을 하게 되면 이겨도 사무소와의 관계가 나빠지지 않을까요?"

"물론 관계 악화는 피할 수 없겠지만…. 그럼 화해금을 받고 지사에서 데뷔를 목표로 하는 방법도 있습니다.”

“그, 그렇군요….”

감탄하는 아스미의 옆에서 리비아가 머뭇머뭇 말을 꺼냈다.

“저기, 노아 공.”

“리비아 님, 왜 그러시나요?”

리비아는 작게 숨을 삼켰다.

“…애초에 노아 공은 정말 무고하십니까? 정말 내부자 거래라는 걸 하지 않으셨습니까?”

노아가 순간 대답을 망설였다.

“…물론이죠.”

“음….”

리비아는 노아의 눈을 똑바로 바라봤다. 그러자 노아가 뺨을 살짝 붉혔다.

“노아 공, 소인의 눈을 보고 말씀하시겠습니까?”

리비아의 말에 노아는 리비아와 면회에 입회한 경찰관 사이로 여러 번 시선을 헤맸다.

사실은 잘못을 저질렀구나, 하고 확신하는 리비아.

“노아 공…. 악랄한 방식으로 돈을 모으지 않겠다고 소인과 약속하지 않았습니까….”

그러자 노아가 살짝 토라진 듯 대답했다.

“하지만… 리비아 님의 신상(神像)을 양산할 태세를 갖추기 위해서 돈이 필요했습니다….”

리비아는 탄식했다.

"노아 공에게 많은 걸 맡긴 소인에게도 잘못이 있겠죠…."

"그렇지 않습니다! 리비아 님이 마음 아파하실 필요 없습니다!"

노아가 황급히 부정했다.

"노아 공…. 누구나 실수를 저지릅니다. 깨끗하게 죗값을 치르고 소인과 아스미 공과 함께 처음부터 다시 시작하는 게 어떻습니까."

"맞아요! 노아 씨가 돌아오길 계속 기다릴게요!"

리비아와 아스미가 입을 모아 말하자, 노아의 눈동자에 눈물이 떠올랐다.

"리비아 님, 아스미 씨…. 알겠습니다. 전 리비아 님의 사도에 어울리는 사람이 되기 위해 이번에야말로 다시 태어나겠습니다."

"노아 공!" "노아 씨!"

리비아와 아스미는 결의가 담긴 말을 한 노아를 향해 감격한 눈빛을 보냈다.

…그런 세 사람의 모습을 계속 지켜보던 입회인 경찰관이 식은땀을 흘리며 중얼거렸다.

"음… 이거, 혐의를 인정한 건가…?"

3월 31일 18시 7분

"혐의를 인정했다니, 그게 무슨 뜻인가요?!"

접견하러 온 변호사 아이사키 브렌다는 "내부자 거래를 했다는 걸 인정했습니다."라는 노아의 말을 듣고 무심코 크게 소리를 질렀다.

"선생님, 죄송합니다. 전 제가 저지른 죄를 인정하고 죗값을 치르겠습니다."

노아의 얼굴은 묘하게 후련해 보였다.

"왜죠, 와이?! 취조에서 자백을 강요했나요?! 그렇다면 반대로 경찰을 고소할 수도 있는데요?!"

"아뇨, 그런 일은 없었습니다."

"그럼 어째서죠? 조금만 더 있으면 무죄 방면이 될 수 있었는데요?! 세키야 유마가 고해실에서 중요 사실을 이야기한 시각에 당신이 다른 장소에 있었다는 알리바이를 증언해줄 사람을 찾았어요!"

"네? 그럴 리가…."

노아가 놀란 표정을 지었다. 브렌다는 호흡을 가다듬었다.

"증인은 당신의 전속 운전사인 니시하라 마사토 씨예요. 제가 **열심히 부탁**드린 결과, 증언해주시기로 하셨습니다. 그는 운전사 파견 회사의 사원이라 당신의 클랜과는 상관없으니 증거 능력에도 문제가 없습니다."

"니시하라 씨를 매수하셨나요?"

"아닙니다."

노아의 질문에 브렌다는 진지한 표정으로 대답했다.

실제로 매수'는' 하지 않았다. 쿠사나기 사무소가 니시하라의 약점을 잡았고, 약점의 증거를 슬쩍 보여주며 부탁했을 뿐이다.

노아는 작게 웃었다.

"죄송하지만 제게 알리바이가 있다는 건 니시하라 씨의 착각일 겁니다. 보수 천만 엔은 처음 약속했던 대로 드리겠습니다. 선생님은 부디 제가 재판에서 무죄가 아니라 적절한 형량을 받을 수 있도록 도와주세요."

"그럴 수가…!"

노아는 당황한 브렌다에게 "그럼 이만…." 하고 머리를 숙여 인사한 후 접견실에서 나갔다.

"어떻게 된 거야~~~!!"

혼자 남겨진 브렌다는 머리를 끌어안으며 소리쳤다.

4월 1일 16시 21분

"결국 기소되었군요—."

아이사키 변호사 사무소 부엌에서 브렌다가 네야와 함께 요리하던 중, 키노시타 노아가 검찰에 기소되었다는 정보가 들어왔다.

이제 노아는『피의자』에서『피고인』이 되었다.

"…내 잘못이 아니야."

브렌다가 어린애처럼 입술을 뾰족 내밀고 작게 말했다.

네야는 그런 브렌다를 보며 몰래 모성애를 자극받았다.

"저도 알고 있어요. 어쩔 수 없죠. 의뢰인이 갑자기 마음을 바꾼걸요. 불가항력이에요."

"그래, 어쩔 수 없지…. 하루카네 사무소도 헛수고하게 되었네…."

"저희는 보수만 받으면 상관없어요. 그보다 선생님은 어떻게 하실 건가요?"

"뭘?"

네야는 의아한 표정을 짓는 브렌다를 향해 짓궂게 웃었다.

"이대로 물러서실 건가요?"

"음…."

보수는 변함없다고 해도, 이길 수 있는 싸움을 강제로 중단

해야만 한다. 변호사로서 도저히 받아들이기 힘들었다.

"물러설 수 없지…! 클라이언트의 요구 따윈 알 바 아니야."

브렌다의 눈에 불꽃이 타올랐다.

"쿠후후…. 키노시타 노아, 두고 보라고…. 당신이 아무리 유죄를 바란다 해도, 난 재판에서 무죄 판결을 받아내고야 말 테니까…!"

"선생님, 당연히 그러셔야죠!"

네야가 변호사로서 바람직하지 않은 결의를 외치는 브렌다를 부추겼다.

"일본에서 기소당하면 99.9% 유죄 판결을 받죠. 만약 선생님이 정말 무죄 판결을 받아내신다면, 선생님이 좋아하시는 분도 선생님을 좋아하게 될지도 몰라요."

"뭐…!"

브렌다가 눈을 크게 떴다.

'소스케 군도 내 멋진 모습을 보러 재판 방청을 온다고 했었지. 이건 절호의 기회일지도 몰라…!'

이리하여, 브렌다는 점점 의욕에 타올랐다.

CHARACTERS

SALAD BOWL OF ECCENTRICS

노아

NAME

직업: 피고인 NEW

성향: 선 NEW / 혼돈

STATUS

체력:	37
근력:	21
지력:	81
정신력:	41
마력:	0
민첩성:	19
솜씨:	100
매력:	92
운:	69
친화력:	75 NEW

마왕의 후예, 중학생이 되다

4월 7일 9시 17분

4월 7일. 오늘은 시립 사와라 중학교 입학식이 열리는 날이다.

정장을 입은 소스케는 중학교 교복을 입은 사라와 함께 탐정 사무소를 나와 중학교로 가는 길을 걸었다.

참고로 사와라 중학교 교복은 극히 평범한 세일러복이다.

"사라, 중학교 교복도 잘 어울리는구나."

"그러냐? 소첩이 보기엔 수수한 것 같다만."

"껄껄껄, 사라는 뭘 입어도 귀엽지!"

"그런가! 그렇겠지! 껄껄껄."

"…왜 당신도 따라오는 건데."

소스케는 기시감을 느끼며 사라를 사이에 두고 걷는 남자—본인의 친아버지, 쿠사나기 이사오를 째려봤다.

소스케와 사라가 사무소를 나오자, 당연하다는 듯 건물 앞

에서 기다리고 있던 이사오가 두 사람을 따라왔다.

"입학식은 각 가정에서 두 명까지 참석할 수 있으니까. 오늘은 당당하게 사라의 보호자로서 참석할 거다."

이사오는 저번 달 열린 사라의 초등학교 졸업식에 연줄을 써서 내빈석에 앉았다.

"그렇게까지 해서 졸업식과 입학식에 참석하고 싶냐고…. 내가 입학할 땐 오지도 않았으면서."

소스케가 어이없다는 표정으로 신음했다.

이사오는 일이 바쁘다는 핑계로 소스케의 초등학교와 중학교 입학식도 졸업식에도 오지 않았다.

초등학교 입학식 땐 아직 부모님이 이혼하지 않으셨을 때라 어머니께서 참석했으나, 그 이후로 소스케는 계속 혼자였다.

"소스케, 왜 그러냐. 혹시 삐진 게냐?"

"아, 아니야! 이 망할 영감!"

놀리듯 말하는 이사오의 말에 살짝 얼굴을 붉힌 소스케가 황급히 부정했다.

약 10분 후, 세 사람은 사와라 중학교에 도착했다.

교문 옆에 세워둔 『입학식』이라고 적힌 커다란 간판 앞에 신입생과 보호자가 순서대로 기념사진을 촬영하고 있었다.

"죄송합니다. 사진 좀 찍어주실 수 있을까요?"

소스케가 교문 근처로 다가가자 아이와 함께 순서를 기다리던 보호자 남성이 말을 걸었다.

"아, 네. 물론이죠."

소스케는 흔쾌히 대답하고 남자에게서 스마트폰을 받아들었다. 그때.

"아, 혹시 쿠사나기 사라 님?!"

남자가 소스케의 옆에 있는 사라를 보고 크게 소리를 질렀다.

"그렇다만."

사라는 동요하지 않고 고개를 끄덕였다.

남자와 같이 있던 소녀가 뺨을 붉히며 흥분했다.

"입학하자마자 사라 님을 뵙게 되어 영광입니다! 아, 전 사와라 초등학교의—."

"테라사와 미치루 아니냐. 이번엔 같은 반이 되면 좋겠구나."

"네?! 다른 반에 인사를 한 번 했을 뿐인 제 이름을 기억해주시다니!"

소녀가 감격한 나머지 눈물을 흘렸다. 그때 테라사와의 아버지가 끼어들었다.

"아, 혹시 괜찮으시면 사라 님도 딸과 함께 사진을 찍어주실 수 있을까요?"

"그렇게 하마."

사라가 고개를 끄덕였다.

"아, 그럼 저희도 부탁드립니다!" "저도 부디 사라 님과 함께 사진을 찍게 해주세요!" "저도 부탁드려요!"

근처에서 이야기를 듣던 다른 신입생과 보호자들이 모두 몰려와 사라에게 사진 촬영을 부탁했다. 사와라 초등학교가 아닌 다른 초등학교 출신 학생과 보호자들은 "저 애는 누구야?" "연예인인가?" "설마 어느 나라의 공주님인가?"라고 수군거리며 신기한 듯한 표정을 지었다.

"음, 그러마. 소첩과의 사진 촬영을 하고 싶은 자는 저기에 줄을 서거라."

말을 마친 사라는 테라사와 부녀와 함께 입학식 간판 앞으로 향했다.

"이예이—!"

어이없어하는 소스케를 향해 만면의 미소를 지으며 피스 사인을 하는 사라.

"아, 아—…. 그럼 찍습니다—…."

이렇게, 갑자기 쿠사나기 사라 사진 촬영회가 시작되었다. 소스케는 어쩌다 보니 촬영을 담당하게 되었다.

'혹시 날 학교 직원이라고 여기는 건가…?'

소스케는 굉장히 자연스럽게 카메라를 건네는 사람들의 대응에 의문을 품었다.

접수 종료 시각이 다가와 중학교 교직원들이 제지할 때까지 사라의 촬영회는 계속되었고— 결국 소스케는 사라와 함께 사진을 찍지 못했다.

4월 7일 10시 36분

사와라 중학교 2학년 2반 교실.

휴식 시간, 나가나와 유나는 오늘부터 1년을 보내게 될 교실 창가 자리에서 혼자 멍하니 운동장을 바라봤다.

유나는 1학년 때 쿨하지만 의외로 친절한 우등생으로 통했다. 또한 극히 일부 학생들에겐 문제 해결을 잘하는 탐정 소녀로도 유명했다.

그러나 반이 바뀌고 1학년 때 사귀었던 친구들과 다른 반이 된 유나에게 적극적으로 말을 거는 사람은 아무도 없었다.

늘 그렇듯 오늘은 시업식 후 HR 시간에 각자 자기소개를 하는 시간을 가졌다. 전학 첫날 사고를 친 유나는 절대로 감정을 폭발하지 않으려고 주의한 나머지, 필요 이상으로 쌀쌀맞고 차가운 목소리로 자기소개를 했다. 이 역시 아무도 말을 걸지 않는 이유 중 하나일 거다.

'지금쯤 사라는 입학식 중인가—. …아저씨도 왔을까? 정장을 입었을까….'

유나가 소스케의 정장 차림을 상상하고 있는데.

"그러고 보니 올해 신입생 중에 엄청난 애가 있대."

"뭐가 엄청난데?"

가까운 자리에서 대화를 나누는 소리가 들렸다.

"잘 모르겠지만, 어쨌든 엄청 대단하대."

"나도 들은 적 있어. 사와라 초등학교 학생들을 전부 부하로 삼았다던데."

"뭐? 불량 학생들의 대장 같은 거야?"

"아마 그렇지 않을까? 너무 위험한 애라서 선생님이나 부모님도 그 애에게 거역하지 못한대."

"아하하, 그게 뭐야. 너무하네—."

'…나도 동의해.'

사라가 가끔 해줬던 초등학교 이야기에서도 그런 위험한 애가 있다는 말은 들은 적이 없다.

그때, 대화를 듣던 다른 학생이 끼어들었다.

"아니야. 소문이 아니라 진짜라던데. 내 남동생이 사와라 초등학교에 다녔거든. 진짜 여왕님 같은 애가 있다고 했어."

"여왕님? 여자애야?"

"응. 모두가 엎드려 추앙하는 사와라 초등학교의 절대군주— 아마 쿠사나기 사라라고 했던가."

"응…?! 콜록, 콜록!"

놀란 유나가 기침하자 주위 학생들이 의아한 눈빛을 보냈다.

유나는 얼굴을 붉힌 채 책상에 엎드려 자신에게 모인 시선을 얼버무렸다.

'사라…. 너 대체 초등학교에서 어떤 생활을 한 거야….'

4월 8일 8시 25분

입학식 다음 날. 드디어 사라의 중학교 생활이 본격적으로 막을 열었다.

사라의 반은 1학년 3반, 출석번호 7번.

아침 HR 시간은 출석 체크 대신 자기소개 시간이 시작되었다.

"쿠사나기 사라라고 한다. 사와라 초등학교를 졸업했지만, 사정이 있어 3개월 정도밖에 다니지 않아서 너희가 6년간 초등학교에서 배운 것들을 다 배우지 못했느니라. 구체적으로는 철봉, 춤, 수영이 서툴다. 절대 소첩이 운동치라서 그런 게 아니다."

"사라 님, 누구에게 변명하는 건가요!"

같은 반에 배정된 사라의 가신 야스나가 야요이가 태클을 걸자 사와라 초등학교 출신 아이들 사이에서 웃음이 터져 나왔다.

그때.

"하, 『소첩』이라고? 『느니라』라고? 캐릭터가 너무 강해서 못 봐주겠네."

사라의 가까운 자리에서 냉소적인 말이 튀어나왔다.

사와라 초등학교 출신이 아닌, 불량해 보이는 여학생이었다. 사와라 중학교에는 사와라 초등학교와 사와라 니시 초등학교의 학생들이 진학한다. 반의 절반은 아직 사라에 대해 모르는 아이들이다.

"뭐? 사라 님의 말씀에 감히 토를 다는 거야?"

사와라 초등학교 출신 남학생이 화를 냈으나 사라는 "괜찮다."라고 제지하고 여학생을 바라봤다.

"누마타 료코여, 지송하구나. 이기 내 사토리라 어짤 수 없구먼. 망간 트직하면 녜랑 주깰 땐 사토리로 주깰 테니 에누리해라(번역: 누마타 료코, 미안해. 이게 내 방언이라 어쩔 수 없어. 만약 불쾌하다면 너와 이야기할 땐 이 사투리로 이야기할 테니 용서해줘). …그대가 열 살까지 살던 오쿠히다 사투리로 이야기해봤다. 액센트까지 맞는지는 모르겠다만."

여학생— 누마타는 경악한 표정으로 사라를 바라봤다.

"도, 돌아가신 증조할머니 말투랑 똑같아…!"

"대단해! 사라 님은 이세계 언어에도 정통하시구나—!"

"이세계가 아니야! 히다를 무시하지 마!"

누마타가 환성을 지른 남학생에게 소리를 질렀다.

"그보다 내가 히다에 살았다는 건 어떻게 알았어?! 난 아직 자기소개도 안 했는데. 이름도 말 안 했고!"

"소첩의 아버지와 할아버지가 탐정이라 신입생의 이름과 얼굴, 가족구성과 초등학생 때 성적표 조사는 이미 끝냈느니라."

"말도 안 돼…."

사라는 경악한 누마타를 향해 미소 지은 후 반 전체를 둘러봤다.

"다른 자들도 소첩의 말투에 대해선 가능하면 신경 쓰지 않길 바란다. 앞으로 1년 동안 같은 반 친구로서 사이좋게 지내자꾸나."

사라의 말에 이의를 제기하는 학생은 아무도 없었다.

4월 8일 8시 45분

입학 첫날 정해야만 하는 사항이 많아서, 1교시도 HR 시간이 이어졌다.

학급 임원을 비롯하여 각 위원과 교과별 담당자를 정해야만 한다.

"그럼 우선 학급 임원을 결정하겠습니다. 남녀 한 명씩 입후보할 사람 없나요?"

담임선생님인 이와타 치카라(31세, 남성)가 학생들에게 질문했다. 그러나 손을 드는 학생은 한 명도 없었다.

입후보하는 사람이 없을 땐 초등학교에서 학급 임원이나 학생회장 등 리더 경험이 있는 학생에게 맡기는 게 관례다.

"음— 그럼 선생님이 지명할게요. 남학생은 카노 소라. 여학생은 야스나가 야요이. 두 사람은 초등학교에서 학급 임원과 학생회장이었죠? 이번에도 학급 임원을 맡아주실 수 있을까요."

"전 상관없습니다—."

지명받은 카노가 가볍게 고개를 끄덕였다.

그러나 야스나가는 세차게 고개를 저었다.

"저 같은 게 사라 님을 제치고 학급 임원이 되다니 황송합니다! 사라 님이야말로 반의 리더에 어울리는 분이에요!"

"아, 응, 그렇구나…."

이와타는 금발 소녀에게 흘끗 시선을 보냈다.

'사라 님… 쿠사나기 사라라고 했지….'

초등학교에서 보낸 입학생들의 자료 중 쿠사나기 사라에 관한 자료는 단연 눈에 띄었다.

복잡한 사정을 안고 있는 아이인데도 6학년 12월에 입학하기 전까지의 경력은 굉장히 간단했다. 사라에 대해 알 수 있는 내용은 거의 아무것도 없었다.

성적표는 6학년 3학기뿐이었으나 모든 항목에 ◎가 그려져 있었고, 담임선생님 한 마디에는 『이 학교에 입학해주셔서 감사합니다. 제 교사 인생 중 당신의 초등학생 시절 단 한 명의 담임이 될 수 있어 그야말로 영광입니다. 부디 중학생이 되신 후에도 백성들을 이끌어주십시오.』라는, 칭찬을 뛰어넘어 이미 숭배에 가까운 내용이 적혀있었다.

'백성이라니.'

솔직히 담임이 장난으로 적은 게 아닐까 하는 생각이 들었으나, 아침에 한 자기소개를 보아 범상치 않은 학생이라는 건 틀림없었다.

"아— 그럼 쿠사나기. 추천을 받았으니 학급 임원을 맡아볼래요?"

그러자 사라가 질문했다.

"흠. 학급 임원이라는 건 어떤 일을 하는 자리냐?"

"학급 회의에서 사회 진행을 맡거나 선생님의 말씀을 반 친구들에게 전달하거나, 학교 행사 때 일을 돕는 자리예요."

설명을 들은 사라는 잠시 생각에 잠겼다.

"으—음…. 그다지 재미있어 보이지 않는구나. 야요이, 학급 임원은 그대가 맡거라."

"Yes! My Lord!"

야스나가 야요이가 대답했다. 이렇게 여자 학급 임원은 야요이로 결정되었다.

이와타는 곧바로 학급 임원 두 사람에게 사회 진행을 맡겼다.

"그럼 각자 원하는 위원이나 과목을 종이에 적어주세요."

원하는 역할을 적어서 제출하고, 희망자가 규정 인원수(한 명이나 두 명) 이내라면 그대로 결정, 희망자가 규정 인원수를 넘으면 가위바위보로 결정한다. 가위바위보에서 진 사람은 다른 역할을 맡는다.

위원의 종류는 도서위원, 미화위원, 보건위원, 사육위원, 급식위원, 방송위원, 체육위원, 신문위원, 합창위원, 여행위원, 연극위원.

그리고 각 수업 때 선생님을 돕는 국어과, 수학과, 영어과, 과학과, 지리 · 역사과, 사회과, 음악과, 미술과, 보건체육과, 기술 · 가정과, 도덕과, 프로그래밍과.

용지를 나눠준 후에도 학생들은 거의 과목을 쓰지 않았다. 학생 대다수가 사라를 흘끗흘끗 살펴봤다. 위원은 보통 인원수가 두 명이라, 같은 과목의 위원이 되려고 눈치를 보는 건지도 모른다.

"저기! 사라 님은 어떤 위원회에 들어가고 싶으신가요?"

가까운 자리의 남학생이 과감하게 질문했다. 사라는 진지한 표정으로 대답했다.

"으음— 고민 중이다…. 도서위원이 되어서 내가 읽고 싶은 책을 들여오는 것도 좋고, 미화위원이 되어서 교내를 소첩 취향으로 꾸미는 것도 좋고, 사육위원이 되어서 토끼를 돌보고 싶기도 하고, 급식위원이 되어서 남은 디저트를 몰래 가져가는 것도 좋고, 방송위원이 되어서 점심시간에 애니메이션 노래를 트는 것도 동경했고, 신문위원으로서 교내 여론을 조종하는 것도 재미있겠구나. 하! 혹시 체육위원이 되면 다른 일을 하느라 시합에 나가지 않아도 괜찮지 않을까?! 아, 참고로 합창위원과 연극위원이란 무엇이냐?"

"합창위원은 반에서 합창할 때 지휘를 맡아요. 연극위원은 이 학교에 연극제가 있거든요. 그 행사 준비를 하고요."

"그렇군. 문화제 행사 위원 같은 게구나."

"네."

"연극위원과 여행위원은 정해진 시기에만 일을 할 테니 편하겠구나. 다른 일에 시간을 쓸 수 있어서 괜찮고…. 으음, 어렵구나…."

점점 고민에 빠진 사라. 그때 이와타가 말했다.

"으음, 여러 가지를 해보고 싶다면 아무것도 안 맡는다는 선택지도 있어요."

"뭐라고?"

사라가 눈을 동그랗게 뜨고 되물었다.

"모든 자리가 다 차도 학생 몇 명이 남거든요. 아무것도 맡지 않은 학생은 필요에 따라 다른 위원이나 과목을 맡은 친구를 도와주죠. 아마 한 가지 과목 위원을 맡는 것보다 바쁘겠지만요."

"그렇구나! 그럼 소첩은 무직 조수를 하겠다!"

사라가 외치자 다른 학생들이 종이에 원하는 역할을 적기 시작했다.

용지를 회수한 후 각자의 역할이 원활하게 결정되었다. 사라는 본인의 희망대로 무직 조수에 취임했다.

4월 8일 15시 32분

모든 수업과 HR이 끝났다. 나가나와 유나가 하교 준비를 하고 책상을 옮기던 중.

“유— 나— 야—! 노— 올— 자—!”

힘차고 커다란 목소리가 2학년 2반 교실에 울려 퍼졌다.

유나는 깜짝 놀라서 움직임을 멈췄다.

자세히 보니 교실 입구에 사라가 손을 흔들고 있었다.

“아, 저 애가 소문의 그….” “그 엄청나다는 신입생?” “아마도. 금발이잖아.” “엄청 귀여운데?” “진짜 대장 맞아?”

교실이 술렁였다.

사라는 상급생 교실에 혼자 찾아왔는데도 일절 주눅 들지 않았다.

“유— 나— 야—!”

교실 구석에 있는 유나에게도 들리는 커다란 목소리로 부르는 사라. 새빨간 얼굴로 서둘러 책상을 옮긴 유나는, 사라에게 뛰어가 그녀의 머리를 때렸다.

"아야! 뭘 하는 게냐."

항의하는 사라를 노려봤다.

"왜 왔어. 여긴 2학년 반이라고."

"음. 부끄러워하는 유나를 보고 싶어서."

"날 괴롭히려고 온 거야?"

기죽지 않고 "데헤헷!" 혀를 내미는 사라의 머리를 다시 때렸다.

"아야!"

사라가 눈물을 글썽였으나 유나는 그저 탄식했다.

"…그럼 가자."

"그래!"

"하아…. 난 동아리 활동은 할 마음이 없었는데."

유나는 오늘 방과 후 사라와 함께 동아리 견학을 하기로 약속했다.

2학년부터 동아리 활동을 시작하는 건 그다지 내키지 않았으나, 사라와 함께라면 괜찮을지도 모른다고 생각했다.

"우선 어디부터 갈까?"

"e스포츠 동아리!"

"어? 너 허접이잖아. 괜찮아?"

"허, 허접이라고…?!"

“스플래툰도 스매시 브라더즈도 못하고 몬스터 헌터도 못하면서.”

“그, 그건 소첩의 사고 속도에 손가락이 따라가지 못하는 것뿐이다! 단순한 두뇌 승부라면 누구에게도 지지 않을 게다!”

“그럼 장기 동아리에 가보지 그래?”

“음— 그건 수수하구나. …그보다 난 몬스터 헌터를 못하는 게 아니다. 랭크도 100이 넘었단 말이다.”

“못한다니까. 나랑 아저씨가 챙겨주지 않으면 바로 죽잖아.”

“그런 거였나.”

그런 대화를 하며 사라와 함께 걸어가는 유나.

2학년 학생들 사이에서 『나가나와 유나가 2학년 교실에 쳐들어온 사와라 초등학교의 절대군주를 패고 입을 다물게 만들었다.』라거나 『1학년 최강자인 대장을 허접 취급했다.』라는 소문이 퍼질 때까지 그리 오랜 시간이 걸리지 않았다—.

…참고로 토카이 지방에선 책상을 들어 자리를 바꾸는 걸 『책상을 웱긴다』라고 합니다. 엄밀히 말하면 「무언가를 들어 자리를 바꾸다」를 「웱긴다」라고 하는데, 어째선지 책상이 아닌 물건의 자리를 바꿀 땐 거의 쓰지 않습니다. 예를 들어 의자나 옷장은 평범하게 「옮긴다」라고 합니다. 왜 그런지는 저도 모릅니다. 여러분도 책상을 웱길 때 써봅시다.

CHARACTERS

SALAD BOWL
OF
ECCENTRICS

NAME

사라

직업:중학생 NEW
성향:중립 / 혼돈

STATUS

체력:	35
근력:	17
지력:	97
정신력:	83
마력:	95
민첩성:	36
솜씨:	42
매력:	92 NEW
운:	86
친화력:	74 NEW

노름꾼 여기사

4월 10일 12시 17분

노아가 기소된 지 열흘.

리비아는 라면 가게에서 베트콩 라면을 먹었다.

베트콩 라면이란 이곳 기후현 기후시에서 발상한(아이치현 이치노미야시 발상이라는 설도 있다) 라면으로, 면 위에 고춧가루로 매운맛을 낸 부추, 콩나물, 마늘 채소볶음을 듬뿍 올린 라면이다.

"후우, 후우…!"

뜨거운데도 개의치 않고 면과 채소와 마늘을 호쾌하게 먹었다.

된장 맛 국물이 밴 맛있는 면, 채소의 기분 좋은 식감과 감칠맛, 고춧가루의 매운맛, 마늘의 강렬한 풍미가 입 안 가득 퍼져 몸이 후끈 뜨거워졌다.

이 세계에 전이한 이후 다양한 가게에서 다양한 라면을 먹었지만 이 베트콩 라면은 먹으면 힘이 나서 특히 마음에 들었다.

참고로 베트콩이란『베스트 컨디션』이라는 의미다. 점원에게 직접 물어봤으니 틀림없다. 만약 의심이 든다면 직접 조사해보자.

“리비아, 여전히 맛있게 먹네.”

그때, 옆자리에 앉은 남자가 말을 걸었다. 리비아는 경계하는 시선을 보냈다.

리비아는 현재 모자를 깊이 눌러쓰고 선글라스를 끼고 있었다. 지금은 식사 중이라 벗었으나 평소엔 마스크도 썼다.

노아가 체포당했다는 뉴스에 가끔 구세 그래스호퍼의 라이브 영상이 나왔다. 그래서 리비아의 얼굴을 아는 사람도 늘어났다.

“…타케오 공이었습니까.”

안도하는 리비아.

변장을 꿰뚫어 보고 말을 건 사람은 이미 악연이라고 할 만한 건달 타케오였다. 라면 가게와 파칭코, 경마, 경륜 등 리비아와 행동 범위가 겹치는지, 가끔 이런 식으로 우연히 만나곤 했다.

“차슈면, 면 곱빼기로 주세요—!”

경박한 태도로 주문한 타케오가 리비아와 마주 봤다.

“리비아, 최근 어때? 따고 있어?”

“…도박 이야기입니까? 실은 이번 달 들어서 아무것도 하지 않았습니다.”

"어, 경마랑 경륜도?"

"네."

"파칭코도?"

"안 했습니다."

리비아의 대답에 타케오가 놀란 표정을 지었다.

"그럴 수가…! 밤낮없이 도박에 전념하던 승부사 리비아는 어디 간 거야?"

"저, 전념하지 않았습니다!"

타케오의 말을 부정하며 설명했다.

"실은 변호사 공에게 한동안 사람들 눈에 띄지 말라는 말을 들었습니다."

경찰서에서 노아와 면회한 날, 아르바이트를 하러 간 아스미와 헤어진 리비아는 호텔로 돌아가는 길에 발견한 파칭코 가게에 훌쩍 들어가 잠시 놀고 나왔다. 그때 누군가가 리비아의 사진을 찍어 SNS에 업로드했다.

그 글이 퍼져서 『내부자 거래로 체포된 여성 밴드 멤버, 파칭코에 빠졌어ㅋㅋㅋㅋㅋㅋ』라는 제목으로 정리 사이트에 올라가 악플이 쇄도했었다(파칭코 애호가들에겐 『난 응원할 거야!』라는 말도 나왔지만 소수파였다).

딱히 잘못한 건 아니었으나, 인터넷상의 소동을 알게 된 변호사 브렌다가 "밴드 멤버의 행실이 노아에 대한 심증에 영향을 미칠 가능성이 있어요. 재판이 끝날 때까진 조용히 지내세요."라고 주의를 줬다.

"그렇구나—. 그거 힘들겠네—."

"네…."

고개를 끄덕인 리비아는 깊은 한숨을 쉬었다.

보통 형사 사건에서 기소된 후 첫 재판이 열릴 때까진 한 달에서 두 달 정도 걸린다.

불과 몇 개월 동안 도박을 참는 정도는 쉽다고 여겼는데, 큰 착각이었다.

리비아에게 있어 도박은 이미 생활의 일부였다. 구세 그래스호퍼의 전국 투어 중에도 짬이 나면 각지의 파칭코 가게나 경마장에 다녔을 정도였다.

변호사에게 도박을 금지당한 지 아직 열흘밖에 지나지 않았는데, 리비아의 몸과 마음은 벌써 도박에 굶주렸다.

"하아~~~…… 도박하고 싶어…."

그런 쓰레기 같은 말을 듣고 타케오가 제안했다.

"남들 눈에 띄지 않으면 되는 거지? 그럼 좋은 곳이 있어!"

그는 똑같이 쓰레기 같은 경박한 미소를 지었다.

4월 10일 19시 26분

밤이 되어 타케오와 만난 리비아는『좋은 곳』이라는 곳으로 향했다.

도착한 곳은 쇠퇴한 상점가로, 가게 대부분이 이미 셔터를 내렸다.

"이쪽이야."

타케오는 닫힌 가게 옆길로 들어가 건물 뒷문을 세 번 재빨리 두드린 후, 잠시 시간을 두고 다시 두 번 두드렸다.

그러자 자물쇠를 푸는 소리가 나며 문이 열렸다.

문 앞에는 검은 옷을 입은 건장한 남자가 서 있었다.

"헤헤, 안녕하세요."

타케오가 남자에게 가볍게 머리를 숙였다. 리비아도 타케오를 따라 안으로 들어갔다.

몇 미터 정도 좁은 복도를 지나자 내려가는 계단이 나왔다. 계단을 내려가자 또다시 문이 보였다. 문 앞에는 역시나 검은 옷을 입은 우락부락한 남자가 서 있었다. 타케오와 리비아가 다가가자 말없이 문을 열어줬다.

그 문 너머로 넓은 플로어가 보였다.

플로어 안에는 3평 정도의 평상을 몇 개 배치했고, 그 위에 일곱 명 정도가 모여서 뭔가를 하고 있었다. 여기저기에서 "자, 돈 걸어 돈!" "짝!" "홀 없나?! 홀은 없나?!" "홀!" 등 위세 좋은 목소리, 그리고 비명과 환성이 들렸다.

"타케오 공, 여긴 어디죠?"

"노름판이야."

"노름판?"

리비아가 되물었다.

"음, 비밀 도박장이라고 해야 하나? 이곳 위치나 여기서 보고 들은 걸 밖에서 이야기하면 안 되거든. 그래서 다른 사람들의 눈을 신경 쓰지 않고 놀 수 있어."

"그렇군요. 그럼 어떤 놀이를 하죠?"

"홀짝이라는 게임 알아?"

"아뇨, 모릅니다."

리비아가 고개를 젓자 타케오가 설명했다.

"주사위를 두 개 굴려서 나온 눈의 합계가 홀수인지 짝수인지에 돈을 거는 거야. 짝수는 짝, 홀수는 홀."

"그것뿐입니까?"

"응. 아아, 그리고 주사위 눈이 둘 다 1이 나왔을 때인 짝과 1과 6이 나왔을 때인 홀은 어느 쪽에 걸어도 지는 거지."

"으—음…."

아무리 그래도 게임 방법이 너무나 단순해서 재미없을 것 같았다. 파칭코처럼 기계를 사용한 화려한 연출을 즐길 수 있는 것도 아니다.

"단순하기에 군더더기 없는 승부를 할 수 있어서 더 불타오르는 거야. 홀짝을 하지 않으면 승부사라고 할 수 없지."

"그런가요."

그다지 내키지 않았으나, 어쨌든 시험 삼아 해보기로 했다.

우선 입구 근처에 있는 교환소에서 나무패를 열 개 샀다. 돈을 걸 땐 현금이 아니라 이 나무패를 쓴다고 했다.

나무패는 한 개 천 엔인 파란 패와 만 엔인 빨간 패가 있고, 자리에 따라 한 번에 걸 수 있는 금액이 다르다. 리비아와 타케오는 천 엔짜리 파란 패를 샀다.

나무패는 현금으로 바꿀 수도 있다. 게임에서 이겨 나무패를 늘린 후 현금화하면 돈을 버는 구조다.

나무패를 살 땐 10%의 수수료를 내야 한다. 이게 노름판 개최자의 수입이라고 했다.

'아마 일본에서는 경마, 경륜, 경정, 오토레이스 외의 도박은 불법이었죠. 파칭코의 삼점방식(三店方式)과 똑같이 직접 현금을 걸지 않는 방식으로 법을 빠져나갈 길을 만들었나 보군요.'

리비아는 그렇게 추측했다— 그러나 이건 물론 착각이었다. 이곳은 변명의 여지 없이 순수한 불법 도박장이다.

리비아와 타케오는 일단 판돈이 가장 낮은 파란 패 1개짜리 자리에 들어갔다.

손님의 수는 두 사람을 포함하여 열 명.

나이와 옷차림은 제각각이었다. 회사원으로 보이는 남자가 있는가 하면 건달이나 다름없는 남자, 화려한 옷차림의 물장사를 하는 듯한 여자도 있었다.

"네, 시작!"

상의를 입지 않고 배에 천을 감은 『나카봉(中盆)』이라고 하는 심판 겸 진행자 남자가 외쳤다.

"네, 항아리 덮습니다."

맞은편에 앉은 기모노 한쪽을 어깨까지 내린 여성이 『항아리 흔들기』 역할을 맡았다. 두 개의 주사위를 손가락 사이에 끼우고 리비아를 비롯한 손님에게 보여준 후 찻잔 크기의 항아리에 주사위를 던져 넣고 뒤집었다.

"자, 홀짝 돈 걸어라!"

나카봉이 외치자 손님들이 돈을 걸기 시작했다.

"짝!" "홀!" "홀!"

항아리 흔들기의 앞에 나무패를 놓아두면 짝(짝수)에, 나카봉 앞에 놓아두면 홀(홀수)에 돈을 걸게 된다.

"자, 어느 쪽일까! 어느 쪽! 짝 없나?! 짝은 없나?!"

짝수와 홀수에 균등하게 돈이 걸리지 않으면 승부가 성립하지 않는다. 나카봉은 상황을 보며 "짝은 없나." "홀은 없나." 라는 말을 외쳐서 놓인 나무패가 적은 쪽에 돈을 걸도록 유도했다.

나온 눈의 합이 홀수가 될 확률과 짝수가 될 확률은 반반이라, 생각해봤자 어쩔 수 없다. 리비아는 본인의 감을 믿고 "짝!"이라고 외치며 항아리 흔들기 앞에 나무패를 놓아뒀다.

타케오는 홀수에 걸었다. 다른 손님도 전부 돈을 걸었다.

"자, 다 걸었나."

긴박감 있는 목소리로 말한 나카봉이 잠시 뜸을 들인 후.

"승부!!"

그 목소리와 동시에 항아리 흔들기가 항아리를 들어 올렸다.

나온 주사위의 눈은 3과 6.

"삼육 홀!"

"앗싸!"

적중한 타케오와 다른 손님이 환성을 질렀다. 리비아는 "크…!" 하고 신음했다.

나카봉은 홀수에 논을 건 손님에게 바닥에 놓인 나무패를 두 개씩 건넸다.

"헤헤. 리비아, 미안해."

"큭, 다음엔 반드시 맞출 겁니다!"

리비아는 나무패를 받고 싱글벙글 웃는 타케오에게 투지를 불태우며 2회전에 도전했다.

'확실히, 단순하지만 꽤 불타오르는 놀이네요…!'

나카봉의 위세 좋은 입담이 손님들의 열기를 부추겼다. 항아리 흔들기의 훌륭한 손놀림도 볼거리였다. 무엇보다 같은 자리에 있는 다른 손님과 승부한다는 감각이 파칭코나 경마에선 느낄 수 없는 재미였다.

이기거나 지길 반복하며 눈 깜짝할 사이에 홀짝 노름에 빠져들었다.

'…흠, 이건….'

몇 번 승부를 계속하는 동안 리비아는 깨달음을 얻었다.

항아리 흔들기가 주사위를 항아리에 던져 넣는 순간, 리비아의 초인적인 동체 시력을 활용하면 항아리에 들어가는 순간의 주사위 눈을 인식할 수 있었다.

게다가 리비아의 청각을 총동원하면 항아리 안에서 주사위가 어떻게 부딪치는지도 파악할 수 있었다.

'던져 넣는 순간의 눈은 4와 5, 그게 이런 각도로 부딪쳤다면— 지금 위에 있는 눈은 1과 3일까요?'

"자, 돈 걸어라 돈!"

"짝!"

돈을 걸기 시작하자마자 리비아는 본인의 눈과 귀를 믿고 짝수에 돈을 걸었다.

그리고 결과는.

"삼일 짝!"

"좋아!"

예상한 그대로의 결과에 리비아가 작게 환성을 질렀다.

'주사위 눈을 알면 무조건 제 승리죠!'

그 후 리비아는 연승을 계속했다.

"이야— 리비아, 운이 엄청 좋네!"

타케오가 부러운 듯 말했다.

어떤 눈이 나올지 결과를 아는 게임을 과연 도박이라고 할 수 있는지 의문이 머리를 스쳤으나, 경마도 경륜도 정보 수집과 분석이 승리로 이어진다.

'항아리 속을 투시하는 것도 아니고, 손에 넣은 정보를 근거로 어떤 번호가 나올지 예상하는데 무슨 문제가 있을까요. 아니, 전혀 없어요!'

나무패가 스무 개를 넘은 참에 리비아는 일단 게임을 끝내고 교환소에서 현금을 받았다. 만 천 엔이 이만 엔으로 늘어났다는 데 기쁨을 느꼈다.

'지금까지 노아 공이 준 용돈을 도박으로 잃기만 했었죠. 그 만큼 여기서 전부 되찾아야겠어요.'

받아든 2만 엔과 지갑에 넣어뒀던 5만 엔을 전부 한 개 만 엔인 빨간 패로 바꾼 리비아는, 한 게임에 빨간 패 한 개짜리 자리로 올라갔다.

"젊은 누님이 오나니 별일이군."

리비아를 본 손님 중 한 명— 손가락과 목에 절렁거리는 금붙이 액세서리를 찬 무섭게 생긴 중년이 유쾌하게 웃었다.

젊은 손님이 많았던 파란 패 한 개짜리 도박장과는 명백히 손님층이 달랐다. 다른 손님들도 전부 유복해 보이는 옷차림이다.

"여긴 빨간 패 판이라고? 알고 있나?"

"물론 알고 있습니다."

다른 손님의 질문에 리비아는 손에 든 빨간 패를 보여줬다.

"그럼 시작하겠습니다."

나카봉을 맡은 남자가 선언했다.

"네, 시작!"

"네, 항아리 덮습니다."

항아리 흔들기를 맡은 여성이 주사위를 항아리에 던져넣었다.

물론 리비아의 눈은 확실하게 주사위의 눈을 확인했다.

'2랑 1!'

"자, 돈 걸어라, 돈 걸어!"

"홀!"

"오오, 누님 빠르네."

제일 먼저 나무패를 놔둔 리비아를 보며 남성 손님들이 즐겁게 웃었다.

다른 손님들도 돈을 걸자 여성이 항아리를 들어 올렸다.

"일이 홀!"

주사위의 눈은 리비아가 예상했던 그대로였다.

그 후로도 리비아는 계속 게임에서 이겼다. 다섯 번 연속으로 승리를 거머쥐었을 때.

"누님, 정말 운이 좋은걸! 혹시 무슨 번호가 나올지 아는 거 아냐?"

손님의 말에 내심 가슴이 덜컥 내려앉았으나 "하하, 그럴 리가요."라며 얼버무렸다.

"좋아, 다음엔 나도 누님의 운을 믿어볼까!"

그렇게 말하며 손님 중 한 명이 리비아와 똑같은 쪽에 돈을 걸었다.

리비아가 승리하자 편승한 손님이 “껄껄껄! 역시 누님을 믿는 게 정답이었어!”라며 기뻐했다.

“이 흐름에 올라타야지!”

다음 승부에선 또 다른 손님 두 명이 리비아가 돈을 건 쪽에 걸어서 승리.

다음 승부는 또 다른 손님도 리비아와 똑같은 곳에 돈을 걸었다. 나무패가 짝수 쪽에 높이 쌓였다.

“홀 없나?! 홀은 없나?!”

나카봉이 홀수에 돈을 걸라고 재촉해도 나무패를 놓아두는 사람은 아무도 없었다.

도박이 홀짝 둘 중 하나에 편중되어 나무패가 많은 쪽의 수가 나올 경우, 부족한 나무패는 노름판의 주인이 내야만 한다.

“…승부!”

나카봉이 씁쓸한 표정을 지으며 게임을 마무리했다. 항아리 흔들기를 맡은 여성이 항아리를 들어 올렸다.

결과는 2와 4로 짝수였다. 리비아 및 리비아에게 편승한 손님들이 나무패를 두 개씩 나눠 받았다.

그때, 나카봉이 항아리 흔들기 여성에게 뭔가 눈짓을 했다.

조금 수상쩍었으나 계속해서 승부에 도전하는 리비아.

‘주사위 눈은 1과 5일 거예요.’

“짝!”

그러나 결과는.

“일일 짝!”

“뭐…?!”

주사위 눈이 둘 다 1일 경우 어느 쪽에 걸어도 패배한다.

“아— 여기서 일일이 나오다니—! 누님, 아쉽구먼.”

“네, 그러게요….”

마음을 다잡고 다음 승부에 도전하자 리비아가 예상했던 주사위 눈이 나왔다.

‘…뭐, 가끔은 잘못 볼 수도 있겠죠.’

그렇게 본인을 타이르며 승부를 계속했다. 그러나 점점 리비아의 예상과 다른 주사위 눈이 나오는 경우가 늘었다.

이상하다고 생각하며 신경을 곤두세워 항아리를 흔들 때의 소리를 비교해봤다. 그러자 리비아가 예상했던 그대로 나왔을 때와 나오지 않았을 때, 주사위가 항아리에 부딪칠 때의 반향음이 희미하게 다르다는 사실을 깨달았다.

“주사위의 무게가 다른가…?”

리비아가 떠올린 생각을 중얼거리자, 나카봉과 항아리 흔들기의 얼굴에 긴장감이 퍼졌다.

“…손님…. 저희가 사기를 쳤다고 말씀하시는 건가요?”

나카봉의 말에 리비아는 깜짝 놀랐다.

“네? 아뇨, 그런 건 아닙니다. 다만, 가능하면 주사위를 확인할 수 있을까요….”

그때.

“…손님. 죄송하지만 오늘은 이만 돌아가 주시죠.”

등 뒤에서 굵은 목소리가 들렸다. 뒤를 돌아보자 정장을 입고 선글라스를 낀 거친 남자 두 명이 서 있었다.

“돌아가라고요? 어째서죠?”

“다른 손님께 폐가 됩니다.”

남자가 위압하듯 어깨를 돌리며 으득으득 소리를 냈다.

위협에 겁을 먹을 리비아가 아니었으나, 변호사가 조용히 지내라고 했던 길 떠올렸다.

“…알겠습니다.”

석연치 않았지만 어쩔 수 없다. 남자의 말에 따르기로 한 리비아는 평상에서 내려왔다.

장내를 둘러보며 타케오를 찾았으나 어디에도 보이지 않았다.

딱히 상관없나, 라고 생각한 리비아는 우선 교환소에서 나무패를 현금으로 바꿨다. 그동안에도 검은 정장을 입은 남자가 계속 리비아의 뒤에 서 있었다.

환금을 끝내고 플로어를 나왔는데도 어째선지 두 사람이 계속 따라왔다.

“…아무리 그래도 여기까지 따라오실 필요는 없지 않습니까?”

결국 건물 밖까지 따라온 두 사람에게 말하자, 그들은 입을 일그러뜨리며 웃고는 길을 막듯이 섰다.

"그게… 밖에서 있는 일 없는 일 떠들면 곤란하니까."

"소문을 퍼뜨리지 못할 만큼 보험을 들어놓을까 하는데."

"보험이라고요?"

고개를 갸웃거리는 리비아를 향해 남자들이 천박한 미소를 지었다.

구체적으로 뭘 하려는 건지 모르겠지만, 아마 폭력을 행사하거나 옷을 벗겨서 이상한 동영상을 찍으려나 보다.

'변호사 공이 조용히 지내라고 말씀하셨는데요. 이런 경우는 불가항력이겠죠? …이 남자들이 먼저 경찰을 부르진 않을 테고요….'

리비아는 냉정하게 생각했다.

"여기서는 다른 손님이 나올지도 모르니 조금 더 인기척이 없는 곳으로 가지 않으시겠습니까?"

"뭐라고?"

"자기 입으로 그런 말을 하는 거야…?"

당황한 표정으로 마주 본 남자들이 "…따라와."라고 말한 후 리비아를 건물 뒤편으로 데리고 갔다.

그리고.

빠각! 퍽! 뿌직! 털썩! 탁! 삐걱! 펑! 쿵!

"으, 으으윽…."

"괴, 괴물이다…."

인기척이 없는 뒷골목에서 습격한 두 사람을 순식간에 해치운 리비아.

"괴물이라니, 무례하군요."

이 세계 사람치고는 그럭저럭 몸을 단련하여 전투에 익숙한 것처럼 보였으나, 진짜 전장에서 살아남은 리비아의 적수가 되진 못했다.

"뼈가 몇 개 부러졌을지도 모릅니다만 지금 치료할 필요는 없겠죠? 소인에 대해선 부디 다른 곳에서 말씀하시지 않길 부탁드립니다."

의식을 잃어가는 남자들에게 그렇게 말한 리비아는 유유히 그 자리를 떠났다.

'노름판…. 꽤 재미있는 장소였는데… 역시 앞으로는 못 들어가겠네요.'

리비아는 조금 아쉬워하며 밤거리를 걸었다—.

CHARACTERS

SALAD BOWL
OF
ECCENTRICS

NAME
리비아

직업 : 갬블러 NEW
성향 : 중립 NEW / 중도

STATUS

체력 :	100
근력 :	100
지력 :	25 NEW
정신력 :	87 NEW
마력 :	19
민첩성 :	100
솜씨 :	76
매력 :	98
운 :	18
친화력 :	41

황녀님과 양키

4월 12일 13시 5분

입학하자마자 『쿠사나기 사라』라는 엄청난 1학년에 대한 소문이 순식간에 전교에 퍼졌다.

소문을 들은 사람 중에는 눈에 띄는 학생의 존재를 달갑게 여기지 않는 사람도 있었다.

"이 반에 쿠사나기 사라라는 애 있어?"

점심시간. 교실에서 친구들과 함께 놀던 사라는 교실 입구에서 자신을 찾는 여학생 다섯 명을 맞이했다. 모두 머리카락을 염색하고 교복을 대충 입은 학생들이다. 언뜻 보기에도 불량해 보였다.

가슴에 달린 학년장 색은 노란색— 3학년이다.

사와라 중학교의 학년장 색은 3년간 고정인 슬라이드식이다. 노란색이 현재 3학년, 빨간색이 현재 2학년, 녹색이 현재 1학년이다.

"소첩이다만."

사라가 순순히 일어나서 이름을 밝혔다.

"잠깐 우리랑 대화 좀 하자. 이리 나와 볼래?"

"하하—. 이게 상급생이 하급생을 불러내는 그거냐? 오래된 순정만화에서 가끔 볼 수 있는 전개인 줄 알았는데, 레이와* 시대에도 남아있는 전통이었구나." (*주석#1 레이와: 일본의 시대를 구분하는 연호. 2019년 5월 1일 이후.)

즐겁게 말하자 상급생들이 불쾌한 듯 얼굴을 찌푸렸다.

"우릴 우습게 보는 거야?"

"우습게 보는 게 아니다. 오래된 풍습을 지키는 그대들에게 오히려 감탄하고 있느니라. 마음이 상했다면 사과하마."

"칫, 됐으니까 빨리 따라와."

"알겠다."

"저기, 사라 님!"

가신 야스나가 야요이가 상급생들에게 끌려가는 사라를 보고 걱정스러운 듯 그녀를 불러세웠다.

"괜찮다. 그대들은 신경 쓰지 말고 놀고 있거라."

"Yes! My Lord! …그럼 계속하자—. 동서고금 기후의 버스 정류장!"

"카나조노마치 9번가!"

"우카이 뮤지엄 앞!"

"기후 공원 역사박물관 앞!"

"테츠메이도오리 6번가!"

"애, 애들 뭐야…."

사라가 시키는 대로 정말 그녀를 신경 쓰지 않고 동서고금 게임*을 시작한 야요이와 친구들을 본 상급생들이 기분 나쁜 표정을 지었다. (*주석#2 동서고금 게임: 마지막 한 명이 남을 때까지 주제에 맞춰 차례대로 답을 말해야 하는 놀이.)

"어, 어쨌든 가자!"

그리하여 상급생들은 사라를 데리고 체육관 뒤쪽으로 갔다.

"그래서, 할 이야기라는 게 뭐냐?"

사라가 묻자 상급생 중 한 명이 위압적으로 노려봤다.

"너, 1학년 주제에 우쭐거리고 다닌다며."

사라는 노려보는 시선에 조금도 동요하지 않았다.

"그렇군. 3학년이 되어 드디어 너희 천하가 온 줄 알았는데 갑자기 튀어나온 신입생이 너희보다 눈에 띄는 게 마음에 들지 않는 게냐?"

"으, 응. 그래. 그런 거야."

"애 머리 좋네…."

순순히 인정하는 상급생들.

사라는 쓴웃음을 지었다.

"그렇다고 해도 소첩 역시 눈에 띄고 싶어서 눈에 띄는 건 아니란 말이다. 가능하다면 평온한 생활을 보내고 싶은데, 평범하게 생활할 뿐인데 어째선지 눈에 띄는구나. 소첩이 또 무슨 잘못을 저질렀느냐?"

"칫, 너 정말 건방지구나."

"손을 좀 봐주는 수밖에 없겠어."

"오오! 손을 봐준다고! 만화에서 본 적 있느니라!"

사라가 눈을 반짝였다.

"주먹질을 하려거든 흔적이 보이지 않도록 얼굴은 피해서 때리거라. 그리고 따끔하게 손을 봐주기로 마음먹었으면 살짝 손을 봐주는 게 아니라 상대의 마음이 꺾일 때까지 철저하게 아픈 꼴을 보게 해야 한다. 적의나 증오를 남기면 상대의 보복을 초래할 가능성이 있으니까."

"야, 야. 얘 말하는 게 무서워…."

"그, 그런 점이 건방지다는 거야!"

상급생 중 한 명이 소리를 지르며 멱살을 잡으려고 다가왔다.

그러나 그 손은 사라에게 닿지 않았다. 상급생이 갑자기 바닥에 쓰러졌다.

"커헉?!"

"…애초에 그대들은 소첩을 건드릴 수조차 없겠지만."

사라가 놀리듯 미소 지었다.

"어, 야, 왜 그래?!"

"배, 배에 엄청난 충격이 느껴져서…."

쓰러진 상급생이 겁먹은 눈빛으로 사라를 보며 대답했다.

"젠장!"

다른 상급생이 사라를 붙잡으려고 했다. 그러나 그녀 역시 옆에서 강한 충격을 받은 것처럼 균형을 잃고 넘어졌다.

"우와, 어, 어…?!"

무슨 일이 일어났는지 이해하지 못하고 당황한 상급생.

"이, 이 자식. 뭘 한 거야!"

"소첩, 사실은 중국 권법을 쓸 줄 아느니라. 얍—!"

사라가 팔을 내밀자 서 있던 상급생 중 한 명이 엉덩방아를 찧었다.

"이, 이게 뭐야?!"

"흔히 말하는 『기』라는 거다."

"기?! 기가 뭔데?!"

"나 알아! 오빠가 보는 만화에 나왔어!"

사라가 싱긋 웃었다.

"호오, 『기』에 대해 알고 있다니 다행이구나. 소첩의 『기』는 바다를 가르고 산을 쪼개지. 그대들의 몸을 살점 한 점 남기지 않고 없애버릴 수도 있다."

"젠장, 그런 게 존재할 리 없잖아! 속임수야! 속임수를 쓰는 거야!"

"앗, 그 대사도 오빠가 보던 만화책에 나왔어!"

"젠장—!"

공포에 질린 눈으로 습격한 상급생들은 앞뒤 오른쪽 왼쪽 위아래 온갖 방향에서 보이지 않는 충격파를 몇 번이고 맞았다.

"이, 이상해…. 이 녀석, 진짜 『기』를 쓸 줄 아나 봐!"

"그, 그럼 우리가 이길 수 있을 리 없잖아…."

위력은 대단치 않았으나 미지의 힘으로 공격하는 상대를 향한 공포는 전의를 상실하기에 충분했다. 얼마 지나지 않아 상급생들은 전원 일어설 기력조차 잃었다.

"목숨까진 거두지 않겠다. 소첩의 자비심에 감사해라."

"네, 네…. 감사, 합니다…."

그때.

"쿠사나기!"

여학생 한 명이 허둥지둥 체육관 뒤쪽으로 뛰어왔다.

사라의 같은 반 친구이자 히다 지방 출신인 양키 소녀, 누마타 료코였다. 1학년 3반 학생 대다수가 사라에게 심취한 데 비해 그녀는 아직 한 마리 고독한 늑대와 같은 태도를 고집하며 반 아이들과 어울리지 않았다.

"흠? 누마타 료코 아닌가. 왜 그러느냐?"

"하아, 하아…. 아니, 왜 왔는지 몰라서 묻는 거야…?"

누마타는 숨을 헐떡이며 사라와 바닥에 쓰러진 상급생들의 모습을 번갈아 보고 당황한 표정을 지었다.

"화장실에 다녀왔더니 네가 상급생들에게 끌려갔다고 해서…."

"오오?! 혹시 소첩을 걱정해서 뛰어온 게냐?"

눈을 동그랗게 뜨고 질문하자 누마타가 얼굴을 붉혔다.

"야, 야스나가는 걱정하지 말라고 했는데, 넌 운동치잖아

—. 분명 괜찮지 않을 거라는 생각에…."

1학년 3반은 입학 후 첫 체육 수업 시간에 레크리에이션 활동으로 피구를 했다. 사라가 엉망진창으로 움직이는 광경을 보고 반 아이들이 모두 깔깔 웃었다.

"껄껄, 운동치라고 해서 싸움을 못 한다는 뜻은 아니니라."

누마타는 다시 쓰러진 상급생들을 흘끗 쳐다봤다.

"칫… 그러게."

혀를 차며 발을 돌린 누마타. 사라는 그녀를 불러세웠다.

"기다려라."

"응?"

뒤를 돌아본 누마타의 눈을 똑바로 바라봤다.

"누마타 료코 공. 상대가 상급생이라는 사실을 알면서도 약자를 돕기 위해 혼자 뛰어온 귀공의 기상에 소첩은 깊이 감명받았다. 부디 소첩과 친구가 되어주지 않겠나."

사라가 포권(包拳)을 하며 머리를 숙였다.

포권이란 중국의 오래된 인사법이다. 오른손으로 주먹을 쥐고 왼손으로 감싸는, 삼국지 등 옛 중국을 무대로 한 작품에서 볼 수 있는 그 인사법이다. 여성의 경우엔 좌우 손이 반대라, 사라는 왼손 주먹을 오른손으로 감쌌다.

누마타가 작게 혀를 찼다.

"전에도 말했듯이 일일이 캐릭터를 만드는 게 짜증 난다고."

"친구가 되어주겠나?"

눈동자만 들어 빤히 바라보는 사라의 반응에 누마타는 포기했다는 듯 한숨을 쉬었다.

“알겠어… 되어줄게.”

“이예이—!”

사라가 기뻐하며 뛰듯이 누마타에게 다가갔다.

“그럼 바로 교실에 돌아가서 같이 놀자꾸나.”

“뭐? 싫어. 난 쉬는 시간엔 자고 싶단 말이야.”

“그럼 교실에 돌아가는 길에 같이 놀자꾸나!”

“뭐? 싫다니까.”

“뇨고라고 불러도 되겠나?”

“벌써 친한 척하지 마! 싫어.”

“자. 동서고금, 타카야마 본선 역!”

“…너 그 테마로 내게 이길 수 있을 것 같아? 히다 후루카와.”

자기도 모르게 넘어간 누마타의 대납에 사라는 웃으며 리드미컬하게 “토야마!”라고 대답했다.

“히다 카나야마.”

“니시토야마!”

두 사람은 동서고금 게임을 하며 교실로 돌아갔다.

이렇게 사라에게 친구가 한 명 늘었다— 그리고 3학년 불량 그룹 하나가 사라졌다.

중학생과 탐정과 동아리 활동

4월 14일 18시 52분

카부라야 탐정 사무소. 소스케와 사라는 저녁을 먹고 있었다.

집에서 양배추 롤을 만들어 가져온 유나도 같이 식탁에 앉았다.

"응, 맛있어. 역시 대단하네—."

양배추 롤을 먹은 소스케가 유나를 칭찬했다.

유나는 살짝 얼굴을 붉히며 담담하게 대답했다.

"글쎄. 다진 고기를 뭉쳐서 양배추로 말고 끓이면 그만인걸."

"나도 햄버그스테이크는 만들어 본 적 있어. 그런데 양배추 롤은 조리 과정이 훨씬 복잡하잖아."

"그렇게까지 다르진 않은데…."

"게다가 단순히 만들 수 있는 거랑 맛있게 만드는 건 천지 차이야. 정말 대단해."

"그, 그런가?"

소스케의 칭찬에 유나가 수줍어했다.

그때 사라가 끼어들었다.

"유나는 요리 동아리를 압도할 만큼 실력이 좋으니까."

"압도했다고?"

소스케가 되묻자, 유나가 황급히 얼버무렸다.

"따, 딱히 압도한 게 아니야. 그냥 요리를 가르쳐줬을 뿐이야."

"요리 동아리 사람들에게 요리를 가르쳐줬다고…?"

"저번에 요리 동아리에 견학하러 갔었다. 우리 학교 요리 동아리는 이름만 요리 동아리일뿐, 방과 후 과자를 가져와서 수다를 떠는 동아리였너구나. 그길 본 유니기 『여기서 배울 점은 하나도 없어.』라고 딱 잘라 말했다가 화가 난 동아리 사람들과 요리로 대결하게 되었지. 물론 유나가 압승했고."

사라가 자세한 상황을 이야기했다. 유나의 얼굴이 점점 빨개졌다.

소스케는 쓴웃음을 지었다.

"방과 후 친구들과 수다를 떠는 것도 나름대로 소중한 시간이야. 배울 점이 아무것도 없다는 말은 좀 지나치지 않을까."

"으으…."

유나가 진심으로 풀이 죽은 표정을 지었다. 소스케는 일부러 화제를 바꿨다.

"그러고 보니 어느 동아리에 들어갈지 정했어?"

사라는 유나와 함께 입학 첫날부터 동아리 활동을 견학하러 돌아다녔다.

소스케로서는 사라의 청춘이 충실해진다면 어느 동아리에 들어가든 괜찮았으나, 가능하면 금전적으로나 시간적으로 보호자의 부담이 적은 동아리이길 바랐다.

"으음—. 문화 계열은 거의 다 봤는데 아직 마음에 드는 곳을 찾지 못했다."

"운동 계열은?"

"절대로 안 된다!"

사라의 즉답에 다시 쓴웃음을 지었다.

"유나는 어때?"

"난 사라가 아니면 애초에 동아리 활동을 할 마음이 없었어."

유나가 대답했다.

"우리 학교 동아리는 본격적으로 활동하는 동아리와 쉬엄쉬엄 활동하는 동아리가 극단적으로 나뉘었더구나—."

"아— 그건 그렇지."

한탄하는 사라의 말에 유나도 고개를 끄덕였다.

"무슨 뜻이야?"

"요리 동아리처럼 제대로 활동을 하지 않는 동아리와 대회 우승을 목표로 진심으로 활동하는 동아리밖에 없었다는 말이다. 적당히 열심히 하면서도 재미를 우선시하는 중간 지점이 없느니라."

"그래?"

소스케는 사와라 중학교를 나오지 않아서 어떤 분위기인지 잘 이해가 되지 않았다. 그가 다녔던 학교의 문화 계열 동아리는 사라가 말하는 중간 지점의 동아리가 많았다.

"그렇다. 요리 동아리와 재봉 동아리, 서예 동아리, 문예 동아리, 다도 동아리, 컴퓨터 동아리는 사실상 친구들과 수다를 떠는 모임인 데 비해 장기 동아리와 화도 동아리, e스포츠 동아리, 브라스 밴드, 연극 동아리는 질릴 정도로 지나치게 열심이었지."

"사라는 연극 동아리에 가입 제의를 받았어."

유나가 말했다.

"정말?"

"그래."

사라가 고개를 끄덕였다.

"그럼 들어가면 되지 않나? 네게 잘 어울릴 텐데."

사라의 외모는 압도적으로 화려하다. 평소 동작도 연극적인 분위기가 있으니 무대에 서면 잘 어울릴 것 같았다.

그러자 사라가 말했다.

"사실 소첩도 그렇게 생각했는데, 매일 아침 체력 단련을 위해 교정을 열 바퀴 뛴다는 말을 듣고 정중히 거절했다."

"그렇게 달리기가 싫은 거냐…."

'언젠가 사라가 운동을 좋아하게 만들 방법을 고민해봐야겠어….'

소스케는 혼자 생각했다.

"탐정이 되려면 체력은 필수야. 조금은 운동하는 게 어때? 쿠도 신이치도 운동 능력을 단련하기 위해 축구를 했잖아."

그러나 사라는 변명했다.

"소첩은 코난 노선이 아니라 명석한 두뇌로 방에서 사건을 해결하는 안락의자 탐정 노선을 목표로 하고 있느니라."

"말도 안 되는 소리 하지 마. 현실에 그런 탐정은 없어."

게슴츠레한 눈으로 사라를 바라봤다. 그때 유나가 끼어들었다.

"아저씨. 그럼 어떤 동아리에 들어가야 탐정에게 도움이 될까?"

소스케는 잠시 생각에 잠겼다.

"그러게…. 역시 뭐니 뭐니 해도 체력과 근성이 제일 중요하지. 운동 계열 동아리에 들어가면 뭐든 쓸모없진 않을 거야. 굳이 말하자면 만약의 상황에 대비해서 호신술로 유도나 공수도, 격투기 같은 걸 배워도 좋고."

"아, 공수도는 초등학생 때 배웠는데. 중학교 수험 때문에 그만뒀지만."

유나가 신나서 외쳤다.

"그렇구나. 그럼 다시 시작해보는 것도 좋아."

"그래볼까…."

그때 사라가 말했다.

"에에—. 유나가 점점 폭력적으로 변하면 소첩이 곤란하다만."

"때린다?"

유나가 노려보자 사라가 울 것 같은 표정을 지었다.

"히잉—! 오늘은 더 안 때리겠다고 약속했잖아—!"

"아, 내가 항상 널 때리는 것처럼 말하지 마! 아저씨, 아니야! 조금밖에 안 때렸어!"

과장되게 겁먹은 연기를 하는 사라와 당황해서 변명을 늘어놓는 유나.

"네! 그렇습니다. 소첩은 유나에게 맞으며 살진 않습니다! …헤헤, 유, 유나 님. 이렇게 말하면 되죠?"

기품 있는 얼굴을 망설임 없이 망가뜨리며 굽신굽신 비위를 맞추는 연기를 하는 사라. 유나는 말없이 손바닥을 세워 머리를 때렸다.

"아프지 않느냐."

"역시 넌 연극 동아리에 들어가야 해."

소스케는 쓴웃음을 지었다.

"그 외에 탐정과 잘 맞는 동아리는… 신문 동아리인가."

"신문 동아리?"

"어째서냐?"

유나와 사라가 의외라는 표정을 지었다.

"탐문이나 잠복, 미행 등 기자와 탐정은 비슷한 일을 하는 때가 많거든. 뭐, 중학교 신문 동아리에서 잠복이나 미행은

하지 않겠지만, 취재를 위한 커뮤니케이션 능력은 탐정에게도 필요한 스킬이야. 그리고 사진과 동영상도 촬영하고, 보고서를 정리하기 위해 어느 정도의 문장력도 필요하고."

"헤에—. 듣고 보니 확실히 기자랑 탐정은 비슷하네."

유나가 흥미롭게 고개를 끄덕이며 사라 쪽을 쳐다봤다.

"우리 학교에 신문 동아리가 있던가?"

"없다. 교내 신문 발행은 신문위원회의 일이지."

"그렇구나…. 신문위원회에 들어갈 걸 그랬어."

유나가 조금 아쉬운 표정을 지었다.

"그러고 보니 아저씨는 옛날에 어떤 동아리 활동을 했어?"

"음. 중학생 땐 농구 동아리에 들었어."

"오오, 소스케에게 잘 어울리는구나!"

"그래?"

사라의 말에 소스케가 고개를 갸웃거렸다.

"그렇다. 존재감이 희미한 특징을 살려서 대활약하고 『환상의 식스맨』이라는 별명을 얻었겠지?"

"쿠로코의 농구냐! 그렇게까지 존재감이 없진 않아!"

태클을 걸면서도 중학생 시절, 고문 선생님에게 『동아리 인원 중에서도 꽤 잘하는 편인데 어째선지 그다지 인상에 남지 않네—.』라는 말을 듣고 결국 레귤러 멤버가 되지 못했던 기억을 떠올렸다.

"아저씨는 왜 농구 동아리에 가입했어?"

"농구를 좋아하는 친구가 같이 가자고 해서."

"우와, 평범해—."

유나가 살짝 실망한 시선을 보냈다.

"뭐, 뭐 어때. 가입 동기는 아무래도 상관없잖아. 어떤 동아리에 들어가든 동료들과 함께 한정된 시간을 보내는 것 자체가 인생의 밑거름이 되는 거라고."

"오오— 소스케가 방금 멋진 말을 하려고 했구나! 하려고 했을 뿐이지만."

"그러게. 너무 두루뭉술해서 인상적이지 않아. 말만 잘하는 것 같아."

"미안하게 됐네!"

중학생 두 명에게 공격당한 소스케의 얼굴이 빨개졌다.

그때 사라가 문득 말했다.

"아, 소스케. 신문 동아리라고 하니 생각난 게 있느니라."

"응?"

"얼마 전 과거 교내 신문을 보다가 재미있는 걸 발견했다."

"재미있는 거?"

"그래."

사라가 이야기한『재미있는 것』이란.

어떤 사건의 결말을 좌우할지도 모르는 중요한 증거였다—.

절반, 회색.

4월 15일 13시 46분

노름판에서 문제를 일으키고 며칠이 지난 날 오후.

리비아는 유유히 파칭코를 하고 있었다.

현재 리비아는 트레이닝복을 입고 도수가 없는 안경을 썼다.

머리카락 길이는 세미 쇼트.

머리카락 색은 검은색.

…조금 전 미용실에서 머리카락을 자르고 염색을 했다.

전 주인인 사라는 마술로 본인의 머리카락 색을 바꾸거나 길이를 늘일 수 있으나, 마술에 서툰 리비아는 그런 솜씨 좋은 재주가 없었다. 즉, 머리카락이 다시 자랄 때까지 예전 헤어스타일로 돌아갈 수 없다.

리비아가 갑자기 이런 대담한 이미지 변신을 한 건 물론 변장을 위해서다.

리비아의 가장 큰 특징은 길고 아름다운 은발이다. 헤어스타일을 바꾸면 적어도 『TV에 나왔던 구세 그래스호퍼의 기타리스트』라는 사실을 들킬 위험이 격감한다.

변호사에게 조용히 지내라는 말을 들었으나, 아무리 눈에 띄어도 리비아라는 사실을 들키지만 않으면 괜찮을 거다.

아이디어를 떠올리자마자 리비아는 바로 미용실에 달려가 망설임 없이 머리를 자르고 염색을 했다.

라이트노벨 사상 최초로 파칭코를 하고 싶어서 헤어스타일을 단발로 바꾼 주인공이 탄생하는 순간이었다.

'아~ 역시 파칭코를 하니 마음이 편안해지네요.'

파칭코를 시작한 지 30분. 돈은 전혀 따지 못했으나, 지금 리비아에게 있어선 구슬이 기계 안을 힘차게 돌아다니는 광경을 보기만 해도 기분이 좋았다.

두 시간 정도 쭉 파칭코를 하고 호쾌하게 패배했다.

"하아~ 또 졌어, 져버렸어요!"

가볍게 기지개를 켜며 후련한 표정으로 가게를 나온 리비아.

간식을 사서 호텔로 돌아가려고 지갑을 꺼낸 리비아는, 가진 현금이 많이 줄어들었다는 사실을 깨달았다.

얼마 전 노름판에서 번 몇만 엔은 최근 며칠간의 식비와 미용실 비용, 파칭코로 거의 다 써버렸다.

'클랜에 돈을 좀 달라고 해야겠어요.'

그런 생각을 하며 스마트폰을 꺼내려는 순간, 전화벨이 울렸다.

전화를 건 사람은 나가사와 요스케— 윌즈 브랜치 힐 클랜의 회계 담당자였다.

노아가 돈이 필요할 땐 회계 담당자인 이 남자나 클랜의 부대표인 카사이에게 연락하라고 했으니 마침 잘 됐다.

“여보세요.”

『리, 리비아 님. 클랜의 회계 담당인 나가사와입니다. 잠시 통화 가능하실까요?』

나가사와의 목소리가 꽤 긴장한 것 같았다.

“네. 무슨 일이십니까?”

『정말 죄송합니다만, 노이 님께서 무사히 돌아오실 때까지 클랜에서 리비아 님께 드리는 헌금을 중단하려고 합니다.』

“네?!”

나가사와는 놀란 리비아의 반응에 말을 이었다.

『실은 클랜의 계좌가 경찰에게 마크당하고 있나 봅니다. 빈번히 거액을 인출하면 자금 세탁이 아니냐는 말도 안 되는 의심을 받을 수도 있습니다.』

“그, 그렇군요. 알겠습니다….”

딱딱한 목소리로 대답했다.

『정말 죄송합니다. 반드시 돈이 필요하신 경우에는 어느 정도 마련해드리겠습니다. 하지만 얼마 전 백만 엔을 드린 직후이니 당분간은 괜찮으시겠죠?』

“네, 네. 물론이죠!”

노아가 체포당한 다음 날 당면한 자금으로 클랜에서 백만 엔을 받았다. 그러나 호텔 숙박비와 룸서비스, 기타 등등 식비와 술, 도박에 낭비한 결과 이미 거의 남지 않았다는 말은 할 수 없었다.

전화를 끊은 후, 리비아는 잠시 그 자리에 멈춰 섰다.

'…어라? 소인, 지금 굉장히 곤란한 상황 아닌가요?'

4월 16일 5시 4분

다음 날 아침.

잠을 이루지 못한 리비아는 눈을 떴다. 유미사시 아스미가 품에 안겨 있었다.

여기는 아스미가 사는 낡은 2평 원룸 아파트.

리비아는 조금이라도 지출을 줄이기 위해 호텔에서 나와 아스미의 집으로 굴러 들어갔다.

실내에 가구는 거의 없었다. 두 사람이 같이 잠든 얇은 이부자리 외에는 식기와 옷을 넣어둔 골판지 상자가 쌓여 있었고, 그 위에 헤드폰과 작곡 기재가 놓여있었다.

저번 달까지 전 밴드 동료인 선배의 집에서 살던 아스미는 메이저 데뷔가 결정되어 상경 준비를 시작했다.

그러나 노아의 구속으로 데뷔가 무산되고 선배의 집도 3개월 후 계약이 만료되는 바람에 급하게 기후에서 새집을 찾게 되었다.

새로운 생활이 시작되는 시기라 괜찮은 집은 전부 계약이 끝났고, 남아있던 게 당장 입주할 수 있는 이 욕실 없고 낡고 저렴한 아파트였다.

아스미는 그만둘 예정이었던 노래방 아르바이트를 계속하며 꾸준히 노래와 악기 연습을 하고 작곡 공부에 힘썼다.

"…반드시… 프로가… 될 거, 야……."

'아스미 공에 비하면 소인은….'

리비아는 가슴에 얼굴을 묻으며 잠꼬대를 하는 아스미의 얼굴을 바라보며 부끄러워했다.

'소인도 마음을 고쳐먹고 지금 소인이 할 수 있는 일을 해야겠어요…!'

4월 21일 14시 21분

지금 자신이 할 수 있는 일을 하기로 결심한 것까진 좋았으

나, 솔직히 리비아는 지금 자신이 무엇을 할 수 있는지 알 수 없었다.

현재 리비아의 신분이 『호적이 없는 신원 불명의 외국인』이라는 점은 노숙자 시절과 아무런 차이가 없다.

스마트폰은 노아의 명의로 계약했고, 납부 계좌도 노아의 계좌다.

월즈 브랜치 힐 클랜의 상품 개발 어드바이저라는 신분도 정식으로 서면 계약을 주고받은 건 아니다.

돈, 스마트폰, 일, 옷, 주거, 자전거, 그 외 생활에 필요한 다양한 것들을 노아에게 의존하고 있었다. 노아가 없으면 리비아의 신원을 보증할 만한 게 아무것도 없다. 이래서는 제대로 된 일을 찾을 수도 없다.

타케오에게 부탁하면 신원을 따지지 않는 일을 소개받을 수 있을지도 모른다. 그러나 그가 소개하는 일이란 대부분 합법과 불법 사이의 그레이존에 발을 담근 일이 많아서 그다지 부탁하고 싶지 않았다.

그래서 리비아는 최근 며칠간 원점으로 돌아가기 위해 빈 캔을 모았다.

커다란 비닐봉지를 짊어지고 거리를 질주했다.

은발 그대로였다면 확실하게 사진을 찍혀 『【비보】 멤버가 내부자 거래로 체포당한 여성 밴드의 기타리스트, 노숙자가 되어버렸다ㅋㅋㅋㅋㅋㅋ』라는 제목의 이상한 글이 퍼졌을 거다.

노숙자 시절 실력을 키운 빈 캔 헌터로서의 본능이 이끄는 대로 계속 캔을 주우면서 점점 기분이 고양되었다.

도박을 하는 것도 기타리스트로서 무대에 서는 것도 즐겁지만, 역시 빈 캔 줍기가 리비아의 적성에 가장 잘 맞는지도 모른다.

비닐봉지가 가득 찰 때까지 빈 캔을 모은 리비아는 가까운 공원에서 잠시 쉬기로 했다.

푸드 트럭에서 버블티(가격은 오늘 주운 빈 캔을 환금한 금액보다 비싸다)를 사서 벤치에 앉아 마셨다.

적당히 지친 몸에 밀크티의 단맛이 스며들었다.

공원에 심은 벚나무는 이미 꽃이 져서 바닥에 떨어졌다.

'하아… 평화롭네요….'

공원에 있던 사람들은 평일 낮에 거대한 비닐봉지를 들고 벤치에서 버블티를 마시며 꽃을 보는 미인 노숙자를 멀리서 기이한 시선으로 바라봤다.

그때 문득 한층 강한 바람이 불었다.

바닥에 떨어진 대량의 벚꽃잎이 날아올랐다. 그와 동시에.

"기다려라!"

리비아의 귀에 굵은 목소리가 들렸다.

소리가 들린 쪽으로 고개를 돌리자, 무려 세 명의 불량해 보이는 남자들이 휠체어에 앉은 여성 한 명을 쫓아가고 있는 게 아닌가.

여성은 20대 전반 정도로, 체격이 상당히 작았다.

위아래로 화려한 무늬에 몸의 라인을 알 수 없는 헐렁한 옷을 입었다.

울프컷을 한 은발, 하얀 피부에 시원시원한 눈매.

날붙이처럼 날카로우면서도 벚꽃처럼 덧없는 분위기를 겸비한 여성이었다.

그녀를 쫓는 남자들도 셋 다 스무 살 전후로 젊었다.

휠체어 속도가 굉장히 빨라서 남자들이 뛰는 속도와 거의 차이가 없었다. 그러나 이대로는 붙잡히는 것도 시간문제였다.

사정은 모르겠지만, 석어노 못 본 석할 순 없었다.

리비아는 벤치에 컵을 놓아두고 일어서서 뛰어가려고 했다.

그러나 리비아가 움직이기보다 먼저, 갑자기 휠체어를 탄 여자가 한 손을 뻗어 휠체어를 고속으로 180도 방향 회전했다.

"크억?!"

여자를 붙잡기 직전이었던 남자 중 한 사람이 여자에게 다리가 걸려 화려하게 넘어졌다.

"뭐?!"

"이 자식!!"

나머지 두 사람이 놀라서 움직임을 멈췄다.

"어어?!"

리비아 역시 눈앞에서 일어난 광경에 놀라 무심코 소리를 질렀다.

엄청난 속도로 휠체어를 움직여 순식간에 남자의 옆으로 돌아간 여성이 다시 고속 회전하여 남자의 다리를 걸어 넘어뜨렸다.

여자는 나머지 한 사람에게 무려 후진으로 돌진해서 남자의 몸을 날려버렸다.

그때 휠체어 측면이 활짝 열렸다. 여자는 거기에서 뭔가 검고 짧은 막대 같은 걸 꺼냈다.

여자가 막대에 달린 스위치를 누르자 막대가 순식간에 50cm 이상 늘어났다.

여자는 물 흐르는 듯한 동작으로 늘어난 막대를 바닥에 쓰러진 남자의 몸에 댔다. 막대 끝부분에서 한순간 파직파직 파란빛이 튀자 남자는 "히익." 하고 비명을 지르며 몸을 경련한 후 움직이지 않았다.

여자는 나머지 두 사람에게도 똑같이 막대를 대고 움직이지 못하게 만들었다.

벚꽃 잎이 휘날리는 공원에서 펼쳐진 폭력적이면서도 잘 만든 연극 같은 광경에, 리비아는 무심코 넋을 잃고 바라봤다.

산뜻한 솜씨로 남자 세 명을 쓰러트린 여자는 막대를 짧게 만들고 휠체어에 넣은 후 아무 일도 없었다는 듯 리비아가 있는 쪽으로 이동하기 시작했다.

그런 그녀를 멍하니 바라보던 리비아의 눈이 마주쳤다.

여자가 어째선지 짓궂은 미소를 지었다.

리비아도 애매한 미소로 대답했다.

"저기… 괘, 괜찮으십니까?"

"응? 뭐가?"

시치미를 떼듯 고개를 갸웃거리는 여자.

"뭐라고 할까… 그, 여러 가지로?"

분명하지 않은 말투에 여자가 작게 웃었다.

"이 사람들이라면 기절했을 뿐이니 괜찮아. …아마도."

"아마도…?"

"뭐, 만약 무사하지 못해도 이 남자들이 먼저 습격했으니까 정당방위야."

여자는 가벼운 말투로 얘기를 끊어버렸다.

"애초에 왜 쫓기고 계셨던 거죠?"

"이 남자들은 노인들을 상대로 사기를 쳐서 돈을 벌던 조직의 멤버야. 내가 그 사기를 방해해서 멤버 중 몇 명이 체포당했거든. 그때부터 날 눈엣가시로 여기더라고."

"그렇군요. 당신은 정의의 사도였군요."

리비아의 말에 웃음을 터뜨린 여자는 짓궂은 미소를 지었다.

"아니야. 그냥 노인들을 먹잇감으로 삼는 사람들이 싫을 뿐이지. 굳이 말하자면 나도 나쁜 사람이거든."

"이해가 되지 않습니다만—."

리비아는 여자의 뒤쪽으로 날카로운 시선을 보냈다.

"일단 저 사람들도 악당의 동료라고 생각하면 될까요?"

그 말에 여자는 고개만 움직여 뒤로 시선을 보냈다.

다섯 명의 남자들이 이쪽을 향해 뛰어오고 있었다.

그들은 기절한 세 명에게 다가가 "어이, 정신 차려!"라고 말을 걸었다.

"더 따라왔나…."

여자가 조금 곤란한 표정으로 고개를 끄덕였다.

남자들이 적의를 드러내며 이쪽으로 다가왔다. 개중에는 특수경찰봉이나 핑거 너클로 무장한 사람도 있었다.

"이런 대낮부터 사람들의 눈도 신경 쓰지 않고 공격하다니…. 이래서 한구레*는 어쩔 수 없다니까…. 총을 꺼낼 수도 없고…." (*주석#3 한구레(半グレ): 조직 폭력단에 소속되지 않은 소규모 점조직 폭력단. 일본 경찰에선 준폭력단이라는 용어로 지칭하기도 한다.)

중얼거리던 여자가 한숨을 쉬며 휠체어 측면에서 조금 전 남자들을 기절시켰던 접이식 스턴건을 꺼냈다.

"넌 빨리 도망쳐. 여기 있으면 괜한 시비에 말려들 거야."

여자의 말에 리비아는 고개를 저었다.

"아뇨, 소인도 돕겠습니다."

여자는 놀란 표정을 지은 후, "특이한 사람이네."라며 쓴웃음을 지었다.

"난 켄모치 미코토. 생명(命)이라고 쓰고 미코토라고 읽어."

이름을 말한 여자— 미코토에게 리비아도 본인의 이름을 말했다.

"리비아 드 우디스입니다. 우연이네요. 리비아라는 이름도 소인의 나라 언어로 『생명』이라는 뜻입니다."

"호오. 정말 기이한 인연이네."

미코토가 유쾌하게 웃었다.

"그럼 가볼까."

말하자마자 미코토는 스턴건을 들지 않은 손으로 휠체어 조이스틱을 조작했다.

공기를 찢는 듯한 날카로운 구동음과 함께 휠체어가 다가오는 남자들 쪽으로 급발진했다.

"우왓?!"

"오, 온다! 히이익!"

자동차에 필적할 만한 맹렬한 속도로 다가오는 휠체어를 보고 남자들이 겁을 먹었다.

리비아도 마술로 다리의 근육을 강화하고 미코토를 쫓아 실주했다.

"혼자 돌진하시면 위험합니다!"

"뭐?!"

순식간에 따라잡아 옆에 선 리비아. 미코토가 눈을 동그랗게 뜨고 얼빠진 목소리로 소리를 질렀다.

"하하! 너 굉장하네!"

웃으며 남자들 근처에 도착한 미코토는 갑자기 방향을 바꿔 주위를 돌며 사각에서 스턴건을 내밀어 한 명을 혼절시켰다.

"젠장!"

다른 남자가 소리를 지르며 특수경찰봉으로 미코토를 때리려고 했다. 미코토는 재빨리 후진하여 어렵지 않게 피했다.

동요하는 남자에게 리비아가 접근하여 맨손으로 무기를 떨어트리고 명치에 강렬한 주먹을 꽂아 일격에 전투 불능 상태로 만들었다.

휠체어를 자유자재로 조종하여 적을 희롱하면서 정확하게 스턴건을 맞추는 미코토와 문답 무용의 전투력으로 굴복시키는 리비아.

두 사람은 불과 수십 초 만에 남자들을 제압했다.

"리비아, 고마워. 덕분에 빨리 정리했어."

"아뇨. 미코토 공이야말로 훌륭하셨습니다."

리비아는 진심으로 칭찬했다. 휠체어를 타본 적은 없어도 휠체어를 타고 싸우려면 상당한 기술이 필요하다는 건 알 수 있었다.

"그럼 구경꾼이 모이기 전에 빨리 여길 벗어나자."

"알겠습니다."

리비아가 고개를 끄덕이자 미코토가 휠체어를 움직였다.

리비아도 빈 캔이 든 비닐봉지와 마시다 만 버블티를 가지고 미코토를 따라갔다.

"그런데 그 휠체어, 대단하네요."

미코토를 따라잡아 나란히 걸어가며 리비아가 말했다.

"그렇지? 자동차 제조 회사에 다녔던 기술자에게 비용과 안전성을 도외시하고 개조해달라고 했어. 자랑스러운 내 다리야."

미코토가 살짝 어린애 같은 미소를 지었다.

"그렇군요…. 미코토 공은 돈이 많으신가 보군요."

"작은 회사 같은 걸 경영하고 있거든. 그보다 리비아야말로 대단했어. 대체 뭐 하는 사람이야?"

"소인은 평범한 노숙자입니다."

"너 같은 노숙자가 있을 리 없잖아!"

큰 목소리로 태클을 거는 미코토.

"으… 읏."

그 직후 얼굴을 찌푸리고 신음하며 갑자기 휠체어를 멈췄다.

"왜, 왜 그러십니까?!"

미코토는 리비아의 질문에 대답하지 않은 채 한동안 몸을 숙이고 거친 숨을 내쉰 후, 고개를 들고 입꼬리를 웃는 형태로 만들었다. 이마에는 비지땀이 흠뻑 맺혔다.

"아아, 갑자기 미안해. 이제 괜찮아."

소매로 땀을 닦으며 말했다.

"미코토 공, 몸이 안 좋으십니까?"

그 말을 하고 난 후에야 휠체어를 탄 그녀에게 물어볼 필요가 없는 질문이었다는 사실을 깨달았다.

"죄송합니다. 제가 괜한 질문을 했군요…."

"신경 쓰지 마. 이 세상 어디에서나 볼 수 있는 흔한 병이야. 난 괜찮아."

어딘가 빈정거리듯 웃은 미코토는 휠체어를 천천히 움직였다.

리비아는 걱정하며 미코토와 나란히 걸었다.

"…그런데 리비아, 너 정말 노숙자야? 지금 입은 트레이닝복이나 스니커즈가 꽤 비싼 브랜드 제품인데."

미코토는 리비아가 짊어진 비닐봉지에 눈길을 주며 물었다.

"으음, 엄밀히 말하자면 전 노숙자입니다. 얼마 전까지 어느 회사의 상품 개발 어드바이저로서 회사 사장의 집에서 신세를 졌습니다만 그 사장이 경찰에 체포되어 현재 친구의 집에 사는, 한없이 노숙자에 가까운 사람이죠."

"으음— 그렇구나. 무슨 말인지 잘 모르겠지만."

자학적으로 대답하자 미코토가 쓴웃음을 지었다.

"너만큼 강한 사람이라면 우리 지하 투기장에서도 활약할 수 있을지도 몰라."

"투기장? 그런 게 있습니까?"

"관심 있으면 다음에 데리고 가줄게."

미코토는 웃으며 휠체어를 멈췄다.

"아, 그렇지. 일거리가 없으면 내 보디가드가 되지 않을래? 지금까지 고용했던 사람은 의외로 쓸모없어서 말이야. 아까 덤벼들었던 녀석들에게 기습당해서 어이없이 가버렸거든. 후임을 찾을 생각이었어."

"보디가드… 미코토 공을 호위하라는 뜻입니까?"

"응."

미코토가 고개를 끄덕였다.

'호위…!'

그 단어의 울림에 리비아의 가슴이 뛰었다.

리비아가 태어난 우디스 가문은 이전 세계에서 대대로 황족의 호위를 맡았다.

이 세계의 선조님도 오다 노부나가를 곁에서 모셨고, 혼노지의 변* 때도 노부나가가 자결할 시간을 벌기 위해 분투하다 돌아가셨다. (*주석#4 혼노지의 변: 일본 교토 혼노지에서 가신의 반란으로 노부나가가 사망한 사건.)

수군을 시키기 위해 목숨을 걸고 싸우는 것이야말로 기사의 숙원.

사라와 주종 관계가 끊긴 리비아에게 다시 누군가의 호위를 맡을 때가 찾아올 줄은 몰랐다. 그야말로 기쁨을 금치 못했다.

"…소인처럼 신원도 모르는 사람을 호위로 두셔도 괜찮으시겠습니까?"

"만약 네가 날 배신한다면 내가 보는 눈이 없었을 뿐이겠지."

리비아는 웃으며 대답하는 미코토에게서 사라에게도 느꼈던『다른 사람들 위에 선 사람의 기량』을 느꼈다.

"미코토 공. 사실 소인은 동료와 함께 밴드로 메이저 데뷔를 목표로 하고 있습니다. 지금은 멤버가 체포되어 활동 중지 상태이지만, 동료가 돌아오면 다시 꿈을 좇을 계획입니다. 그러니 미코토 공이 새로운 호위를 찾을 때까지만 소인이 호위를 맡는 건 어떻겠습니까."

"그래. 그렇게 하자."

미코토는 이번에도 시원스레 대답했다.

"감사합니다!"

"어차피 오래 볼 사이는 아닐 테니까."

"네? 그게 무슨 뜻이죠…."

"아무것도 아니야. 그럼 잘 부탁해."

"네. 리비아 드 우디스, 앞으로 미코토 공의 호위로서 전력을 다해 미코토 공을 지키겠습니다."

말을 마친 리비아는 미코토의 앞에 무릎을 꿇었다.

"하하, 마치 진짜 기사 같네. 눈도 파란색이고…."

즐겁게 웃던 미코토가 문득 눈을 가늘게 떴다.

"응…? 메이저 데뷔를 목표로 하던 밴드… 멤버가 체포…. 너 혹시 얼마 전 내부자 거래로 멤버가 체포당한 밴드의 기타리스트 아냐? 멤버가 체포된 직후 파칭코를 했다고 악플이 달렸었지?"

"지, 직후는 아닙니다! 사흘 뒤입니다!"

얼굴을 붉히며 정정하는 리비아.

"하하하. 설마 리비아가 그 기타리스트였을 줄이야! 변장하고 있어서 눈치채지 못했어. 그 기사는 클릭 수도 꽤 좋았다고 들었어. 고마워."

"네…? 왜 미코토 공이 감사 인사를 하시는 겁니까?"

리비아의 질문에 미코토가 대답했다.

"난 제휴 블로그도 운영하고 있거든. 네가 파칭코를 하는 사진에 달린 악플을 제일 먼저 정리해서 콘텐츠를 만든 사람이 바로 나야."

리비아는 뺨을 움찔거렸다.

"…무, 무슨 말씀이신지 잘 이해가 안 됩니다. 소인이 파칭코를 했다는 내용을 인터넷에 정리해서 돈을 벌었다… 라는 뜻입니까?"

"응."

"무슨 짓을 하신 겁니까!"

항의했으나 미코토는 냉정하게 말했다.

"불평하고 싶으면 SNS에 동영상을 올린 사람한테 해. 난 이미 올라온 내용을 정리해서 콘텐츠를 만들었을 뿐이야."

"으… 무, 물론 원흉을 따지자면 그럴지도 모릅니다만…."

그래도 다른 사람이 비난받는 내용을 소재로 돈을 벌다니.

미코토는 석연찮은 표정을 짓는 리비아에게 싸늘한 말투로 말했다.

"악플은 너무 신경 쓰지 마. 어차피 대중은 네 파칭코 악플 사건도, 네 동료의 내부자 거래 사건도 금방 잊어버리고 다른 소재에 덤벼들 테니까. 마치 추악한 메뚜기처럼."

"메뚜기는 추악하지 않습니다. 맛있습니다."

진지한 표정으로 엉뚱한 반론을 하자 미코토는 잠시 멍한 표정을 지은 후.

"아하하! 넌 정말 재미있네!"

진심으로 즐겁게 웃었다.

4월 21일 16시 11분

리비아가 켄모치 미코토의 보디가드로 고용된 때와 같은 무렵.

탐정 카부라야 소스케는 사무소에서 의뢰인에게 조사 보고를 했다.

의뢰인은 고등학생 딸을 둔 어머니.

얼마 전부터 딸이 자주 참고서를 사야 한다거나 점심값이라는 명목으로 돈을 요구했고, 결국 어머니의 지갑에 손을 댔다고 한다. 이유를 따져 물어도 고집스럽게 대답하지 않으니 이유를 찾아달라— 라는 의뢰였다.

의뢰인은 딸이 학교에서 누군가에게 돈을 빼앗기고 있는 게 아닐까 추측했다. 소스케도 그럴 가능성이 크다고 판단했으나, 실제로 조사해본 결과 진상은 달랐다.

"따님은 『TSUWAMONO*』라는 컨셉 카페에 다니고 있습니다." (*주석#5 TSUWAMONO(츠와모노): 무사, 용사라는 뜻의 일본어.)

"커, 컨셉 카페라고요?"

소스케는 의아한 표정을 짓는 의뢰인에게 설명했다.

"컨셉 카페란 특정 세계관이나 컨셉을 세일즈 포인트로 하는 음식점입니다. 대표적으로 메이드 카페나 집사 카페, 고양이 카페가 있죠."

"그렇군요. 그건 저도 알고 있어요."

"따님이 다니는 『TSUWAMONO』는 남성 점원이 전국시대 무장 코스프레를 하고 접객을 하는 컨셉의 카페입니다만, 별도로 지명료를 내면 특정 점원과 동석하고 같이 식사하거나 사진을 찍을 수 있습니다."

"지명료와 동석이라니, 마치 카바레나 호스트 클럽 같은데요."

의뢰인이 놀란 표정을 지었다. 소스케는 고개를 끄덕였다.

"네. 점원이 문자로 손님에게 영업하는 것 같았습니다. 솔직히 『미성년자도 갈 수 있는 호스트 클럽』이라고 부르는 게 더 잘 어울리는 영업 형태였습니다. 최근 이런 컨셉 카페가 늘어나서 미성년자 피해가 문제시되고 있습니다. 그리고—."

소스케는 사진 몇 장을 테이블 위에 놓아뒀다.

사진에는 의뢰인의 딸이 다케다 신겐* 코스프레를 한 잘생긴 남자와 나란히 앉아있는 모습이 담겨있었다. (*주석#6 다케다 신겐: 센고쿠 시대의 무장. 센고쿠 시대 전국 3영걸 오다 노부나가, 도요토미 히데요시, 도쿠가와 이에야스 다음으로 인지도가 높은 인물.)

"따님이 드나드는 이유는 이 신겐이라는 예명을 쓰는 점원 때문입니다. 본명은 마키노 소마, 23세. 아마 스마트폰으로 직접 대화를 주고받는 것 같았습니다."

"고, 고등학생이 호스트에게 돈을 바치다니…."

깜짝 놀란 의뢰인에게 설명을 계속했다.

"따님에 대한 보고는 이상입니다만…. 이 『TSUWAMONO』라는 컨셉 카페는 아무래도 한구레(半グレ) 조직과 관련이 있는 것 같습니다. 되도록 빨리 가게 출입을 막으시는 게 좋을 겁니다. 따님이 거부할 경우 변호사나 경찰에게 상담하는 것도 검토해보시고요."

"아, 알겠습니다…!"

의뢰인이 창백하게 질린 얼굴로 고개를 끄덕였다.

그녀가 의뢰비를 내고 사무소를 떠난 후.

"소스케. 한구레 조직이라는 게 뭐냐?"

소스케의 옆에 앉아있던 사라가 물었다.

소스케는 잠시 생각한 후 대답했다.

"으음—. 저널리스트가 만든 조어라서 법률상의 정의는 아니긴 한데, 폭력단에 소속되지 않은 반사회적 그룹이라는 뜻이야. 경찰에서는 준폭력단이라고 부르지. 『구레(グレ)』라는 건 사회에서 버림받았다(はぐれる, 하구레루), 어긋나다(ぐれる, 구레루), 불량배(ぐれんたい, 구렌타이)에서 따온 글자이자, 일반인도 조직폭력단도 아닌 그레이존(グレー・ゾーン)에 선 존재라는 뜻이기도 해."

"그럼 반(半)이라는 글자는 왜 들어간 것이냐?"

"글쎄. 반쯤 걸쳐져 어정쩡하다는 뜻 아닐까?"

"그레이존 자체에 어정쩡하다는 뉘앙스가 있는데. 그럼 의미가 겹치는 게 아니냐?"

"…네 말을 들으니 그렇긴 하네. 하지만 나한테 따져봤자 소용없어. 단어를 만든 사람한테 따져."

소스케는 사라의 지적에 고개를 끄덕이면서 설명을 이었다.

"즉, 한구레는 조직적인 범죄로 돈을 버는 집단이지만 조직 폭력단처럼 명확하게 조직화한 게 아니라 상하 관계도 애매한 경우가 많아. 본인이 있는 조직에 누가 소속되어있는지 모르고, 그뿐 아니라 사기가 한구레 조직에 소속되었다는 자각조차 없는 경우도 종종 있어."

"그럼 돈은 어떻게 버느냐?"

"대표적으로 특수 사기를 치지."

"흔히 말하는 보이스피싱 같은 거냐?"

"보이스피싱도 그렇고, 환급금 사기나 가공요금 청구 사기도 있어. 사기뿐만 아니라 바가지를 씌우는 술집이나 바가지를 씌우는 컨셉 카페 운영이나 불법 카지노 운영, 유흥업소 알선 등, 옛날에는 야쿠자가 썼던 수입원을 그대로 사용하는 한구레 조직도 있고, 되팔이나 제휴 블로그 운영, 뒷광고나 바람잡이 역할 청부 등 말 그대로 그레이존 안에서 돈을 버는 조직도 있는가 하면 약물 거래나 절도, 공갈을 조직적으로 하는 진짜 범죄 집단도 있어. 나와 네가 처음 만났을 때 받았던 의뢰에서 타케모토 씨에게 돈을 뜯던 녀석들— 익숙한 수법을 보면 피해자는 타케모토 씨뿐만이 아닐 거야. 그 사람들도 아마 한구레 조직의 구성원이겠지."

"아— 그 피라미들 말이냐."

사라가 그리운 듯이 말했다.

"한구레는 돈을 벌기 위해 수단을 가리지 않고, 일반인도 태연하게 끌어들여. 젊은 구성원이 많아서 조절할 줄 모르는 경우도 많고. 조직폭력단처럼 확실하게 조직화하지 않은 만큼 조직의 전무를 파악하기도 힘들고, 폭력단 대책법으로 활동이 제한되지 않으니 단속도 힘들지. 개중에는 조직폭력단을 나와서 한구레가 되는 사람도 있어. 조직폭력단보다 질이 나쁜, 현대 사회 이면의 주역이 바로 한구레야."

"그렇구나—. 이쪽 세계의 악당은 여러 종류가 있구나. 가능하다면 엮이고 싶지 않다만."

사라의 말에 소스케가 쓴웃음을 지었다.

"뭐, 탐정 일을 하면 엮일 수밖에 없을 때도 있지만. 운 나쁘게 범죄에 말려든 사람을 돕는 것도 탐정의 역할이거든."

"오오! 멋있는 말이구나!"

그런데 이건 스포일러지만.

리비아를 보디가드로 고용한 켄모치 미코토는 어느 한구레 조직의 우두머리다.

4월 21일 16시 37분

켄모치 미코토는 5층 건물 맨션의 5층에 살았다.

건축한 지 몇 년 되지 않은 깨끗한 건물로, 엔트런스에 슬로프를 설치했고 넓은 엘리베이터 내부엔 안전 바가 있는 등, 고령자나 장애인들을 배려한 설계가 충실했다. 엔트런스 앞과 엘리베이터 앞에 경비원이 한 명씩 상주해서 보안도 엄격하다.

현관에 도착한 미코토는 휠체어에서 내려 지팡이를 들고 집으로 들어갔다.

복도 벽에는 안전 바가 붙어있으나, 미코토는 안전 바를 잡지 않은 채 지팡이만 짚고 걸어갔다. 가벼운 발걸음에 연약한 분위기는 조금도 느껴지지 않았다.

복도를 지나 거실에 들어갔다.

넓은 거실에는 비싸 보이는 소파와 테이블, 100인치 TV에 스피커가 여러 개 놓였다. TV 선반에는 블루레이 플레이어와 게임기가 들어있었다.

"TV가 크네요."

노아의 집에 있는 TV도 65인치 대형 TV였는데, 100인치는 어느 정도 멀리 떨어지지 않으면 화면이 시야에 들어오지 않을 정도였다.

“영화를 좋아하는데, 영화관에 가기 힘들어서. 적어도 좋은 환경에서 보고 싶어서 과감하게 돈을 썼어.”

말을 마친 미코토가 웃었다.

“그럼… 방이 하나 비어있으니 리비아는 그 방을 쓰도록 해. 그런데 침대가 없네. 모처럼 우리 집에 와줬는데 미안하지만, 오늘은 이만 돌아가도 돼. 내일 침대를 준비해둘게.”

“아뇨, 괜찮습니다. 소인은 바닥에서 자도 충분합니다. 굳이 욕심을 부리자면 골판지 상자를 깔아주시면 더 좋겠습니다만.”

“하하, 역시 노숙자 출신답네. 그래도 내 호위에게 골판지 상자로 대접할 순 없지. 오늘은 이 소파에서 자.”

“알겠습니다.”

“응.”

고개를 끄덕인 미코토가 리비아에게 다른 방을 안내했다.

구조는 3LDK.

부엌에는 냉장고와 전자레인지, 와인셀러 등이 놓여있었다. 요리는 전부 가사 대행 서비스를 맡기는지, 냉장고와 냉동고 안에 미리 만들어둔 음식이 잔뜩 들어있었다.

침실에는 커다란 전동 리클라이너 침대가 자리 잡았다.

업무용으로 쓰는 방에는 컴퓨터와 책장.

내일부터 리비아가 쓸 예정인 방에는 가구가 하나도 없었다.

좁았던 카부라야 탐정 사무소나 아스미의 집, 넓지만 물건으로 가득 찼던 노아의 집과 비교하면 근본적으로 물건이 적어서 왠지 쓸쓸한 인상이 드는 집이었다.

"거실과 부엌은 마음대로 써도 돼. 냉장고에 있는 음식도 마음대로 먹어도 되고. 업무용 방과 침실에는 내가 부를 때 외에는 들어오지 마."

"알겠습니다."

"그럼… 일단 소개는 끝났어."

안내를 마친 미코토가 말했다.

"오늘은 오랜만에 운동을 해서 땀을 흘렸어. 샤워하고 올 테니 넌 적당히 쉬고 있어."

리비아는 지팡이를 짚고 욕실로 향하는 미코토에게 말을 걸었다.

"제가 도울 일은 없습니까?"

그러자 미코토가 고개만 돌리고 대답했다.

"혼자서도 괜찮아. 다른 사람한테 알몸을 보여주고 싶지 않거든."

"그, 그렇습니까. 알겠습니다."

미코토가 욕실에 들어갔다.

그때 리비아의 스마트폰에 전화가 왔다. 아스미였다.

"여보세요."

『아, 리비아. 나 오늘 8시 정도에 집에 들어갈 건데 저녁 어떻게 할래? 괜찮으면 집에 가는 길에 리비아가 먹을 것까지 적당히 사 갈게.』

"아, 아닙니다. 그러실 필요 없습니다. 아스미 공, 실은—."

그 후 리비아는 아스미에게 미코토의 집에서 같이 살면서 보디가드 일을 맡게 되었다는 사실을 전했다.

"내일 아침에 소인의 짐을 가지러 들르겠습니다. 아스미 공, 지금까지 재워주셔서 감사합니다."

『어…….』

리비아가 감사 인사를 했으나, 어째선지 아스미는 아무런 대답도 하지 않았다.

"음…? 아스미 공?"

『…리비아.』

"아, 네. 왜 그러십니까?"

억양 없는 목소리로 아스미가 이름을 불렀다. 당황하는 리비아.

『…또 다른 여자를 붙잡았구나….』

"다, 다른 여자를 붙잡다니요. 무슨 말씀을 하시는 겁니까! 소인은 호위로서 고용되었을 뿐입니다."

『리비아, 정말 타고난 기둥서방이구나….』

"으…."

사람을 잘못 봤다는 느낌이 가득 담긴 아스미의 목소리가 리비아의 가슴에 꽂혔다.

4월 21일 17시 21분

"후우, 오래 기다렸지."

리비아가 미코토의 집 거실에서 TV를 보고 있는데, 샤워를 마친 미코토가 다가왔다.

"어…?!"

그 모습을 보고 리비아는 깜짝 놀랐다.

옷은 파자마에 지팡이.

조금 전까지 울프컷을 한 은발이던 그녀의 머리카락이 지금은 긴 금발로 바뀌었다.

"그 머리카락은 대체 어떻게 바꾸신 겁니까…?! 설마 미코토 공도 황녀님과 같은 마술을 쓰신 겁니까?!"

리비아의 말에 미코토는 의아한 듯 눈살을 찌푸렸다.

"마술?"

"아, 아뇨. 그 머리카락은 어떻게 하신 건가 하고."

말을 얼버무리자 미코토가 대답했다.

"이건 위그야."

"위그?"

"가발."

"가발… 아아, 가발이었습니까! 그런데 왜 가발을 쓰시는 겁니까? 혹시 변장을 위해서?"

그러자 미코토는 고개를 저었다.

"아니, 내 취미야. 기분에 맞춰서 헤어스타일을 바꾸는 거야."

"그렇군요."

다양한 취미가 있구나. 리비아는 그렇게 생각했다.

"그러고 보니 리비아의 머리카락은? TV에서 봤을 땐 은발이었는데 그게 진짜 머리 색이야?"

"네."

"그렇구나. 긴 은발이 예뻤는데, 아깝네."

미코토가 아쉬워했으나, 리비아는 쓴웃음을 지었다.

"머리카락은 다시 기르면 됩니다. 1년이 지나면 거의 원래대로 돌아올 겁니다. 그 무렵엔 세상의 관심도 식을 거고요."

"1년이라…. 그때 꼭 원래의 네 모습을 보고 싶어."

미코토의 목소리는 어딘가 허무하게 들렸다.

CHARACTERS

SALAD BOWL
OF
ECCENTRICS

리비아 NAME

직업:보디가드 NEW

성향: 중립 / 중도

STATUS

체력: 100

근력: 100

지력: 24 NEW

정신력: 82 NEW

마력: 19

민첩성: 100

솜씨: 76

매력: 98

운: 25 NEW

친화력: 41

CHARACTERS

SALAD BOWL OF ECCENTRICS

미코토 NAME

직업: 한구레

성향: 악 / 혼돈

STATUS

체력:	19
근력:	14
지력:	95
정신력:	100
마력:	0
민첩성:	3
솜씨:	92
매력:	76
운:	22
친화력:	70

한구레 소녀와 여기사

4월 22일 8시 41분

리비아가 켄모치 미코토의 보디가드로 고용된 다음 날.

아침 식사를 끝낸 리비아는 서둘러 아스미의 집에 가서 소지품(얼마 안 되는 갈아입을 옷과 기타, 로드바이크뿐이다)을 챙기고 다시 미코토의 집으로 돌아왔다.

"빨리 왔네. 그 친구 집이 이 근처야?"

외출한 지 10분 정도 만에 돌아온 리비아를 보고 미코토가 물었다.

"그런 셈이죠. 뛰어서 5분 정도 걸립니다."

뛰어서 5분이란 자동차 수준의 속도로 달릴 수 있는 리비아의 기준이다. 실제로 그렇게까지 가까운 건 아니다.

"그렇구나."

미코토는 딱히 깊이 생각하지 않았다.

"괜찮으면 같이 영화 볼까?"

"영화라. 그러죠."

그리하여 두 사람은 거실에서 같이 영화를 감상했다. 테이블에 팝콘과 콜라도 준비했다.

미코토는 기후를 무대로 한 라이트노벨이 원작인 실사 영화를 골랐다.

"후후…. 이렇게 형편없는 영화를 느긋하게 보고 있으니 시간을 최고로 사치스럽게 쓰는 기분이 들어."

미코토가 주인공이 여동생을 자전거 뒤에 태우고 기후만(가칭) 해안도로를 달리는 장면을 즐겁게 보며 말했다.

"이게 형편없는 영화입니까? 소인은 재미있습니다만…."

"뭐?"

미코토가 리비아의 얼굴을 빤히 쳐다봤다.

"…아니, 재미있다면 물론 그게 제일 좋지. 괜한 말을 해서 미안해."

"아닙니다. 소인은 어떤 영화가 좋고 어떤 영화가 나쁜지 잘 몰라서요."

리비아는 희미한 미소를 지으며 사과하는 미코토에게 말했다.

노아의 집에서 살았을 때도 가끔 심심풀이로 영화를 보곤 했는데, 전부 재미있었다.

리비아로 말할 것 같으면, 노아가 혼자 만든 마인드 컨트롤 용도의 비디오조차 재미있게 봤다. 이전 세계에선 존재하지 않았던 오락거리라는 점도 있고, 커다란 화면에 커다란 소리와 함께 영상이 나오면 그것만으로도 왠지 재미있었다.

말하자면 리비아는 빛과 소리의 자극에 반응하고 기뻐하는 갓난아기와 똑같은 감각으로 영화를 즐겼다.

"아~ 재밌었어요! 역시 영화는 좋군요."

영화가 끝나자 리비아가 진심으로 만족한 목소리로 말했다.

"그렇게까지 좋아할 줄 몰랐는데. 기분이 나쁘진 않네."

미코토는 쓴웃음을 지었다.

"좋아, 모처럼이니 오늘은 종일 애매한 만화 원작 영화 축제를 열까? 아무리 그래도 나른 사람까지 끌어들이기엔 미안해서 지금까지 실행하지 못했는데, 리비아라면 괜찮을 것 같아."

"어떤 건지 잘 모르겠지만 얼마든지 같이 보겠습니다. 그런데 일은 괜찮으십니까?"

리비아의 질문에 미코토가 웃으며 내답했다.

"사업 쪽은 거의 부하에게 맡겼어. 내가 하는 일은 가끔 현장에 들러서 압박을 주는 것뿐이야."

"그렇군요…."

노아도 클랜 운영은 거의 부하에게 맡겼었다. 이 세상엔 일하지 않아도 다른 사람이 멋대로 돈을 벌어주는 지위에 앉은 사람도 있나 보다.

그래서 리비아와 미코토는 이어서 두 번째 영화를 감상했다.

4월 21일 16시 36분

영화를 보며 팝콘과 과자를 먹고, 오후엔 배달 주문한 피자를 먹으면서 영화를 봤다.

그런 식으로 다섯 편째 영화가 끝나자 미코토가 조금 지친 표정을 지었다.

"후우, 내가 먼저 말을 꺼냈는데 계속 망작을 보고 있으려니 정신적으로 힘드네…."

"그런가요? 소인은 얼마든지 더 볼 수 있습니다만."

"응, 리비아는 그대로 있어. 하지만 입가심으로 제대로 된 작품을 하나 보고 싶어."

"미코토 공에게 맡기겠습니다."

"고마워."

미코토는 이번에는 만화 원작 실사 영화 중에서도 대성공한 작품으로 알려진 시대극 액션 영화를 골랐다.

실력이 뛰어난 검객 주인공이 차례차례 나타나는 강적들과 사투를 벌이는 모습에, 리비아는 눈을 깜빡이는 것조차 잊을 만큼 빠져들었다.

"확실히 이게 제일 재미있었습니다!"

"다행이네. 명작과 망작을 본 감상이 똑같으면 보여준 보람이 없으니까."

영화가 끝나고 흥분하며 감상을 말하자 미코토는 만족스럽게 웃었다.

"미코토 공, 비천어검류라는 건 어디서 배울 수 있습니까?!"

"못 배워. 저건 가공의 유파야. 그런데 넌 검만 있으면 정말 쓸 수 있을 것 같기도 한데…."

미코토의 말에 리비아는 문득 떠올렸다.

'어라? 그러고 보니 소인의 검은 어디에 있을까요….'

이 세계에선 검을 가지고 돌아다니면 안 된다. 노숙자 생활을 시작한 지 얼마 지나지 않아 리비아는 본인의 검을 지하철역의 코인 로커에 넣어뒀다.

그 이후 계속 방치했다.

리비아는 몰랐으나, 지하철역의 코인 로커는 기본적으로 최대 사흘까지 쓸 수 있다.

사흘이 지나면 관리 회사가 짐을 회수하여 일정 기간(일반적으로는 일주일에서 한 달)이 지나도 주인이 찾으러 오지 않으면 처분한다.

리비아가 검을 숨겨둔 코인 로커도 당연히 사흘 후 관리 회사가 내용물을 확인했다. 그러나 코인 로커에서 장난감이 아니라 진검이 나왔다. 일본도를 가지고 다니는 데 필요한 등록증도 없었다. 관리 회사는 곧바로 검을 경찰에 넘겼다.

코인 로커에 들어있던 수상한 검. 경찰은 사건성을 의심하고 조사했으나 관련이 있을 만한 사건은 찾지 못했고, 부근의 CCTV를 조사해봐도 검을 넣은 인물을 발견하지 못했다(실제로는 검을 가지고 달리는 리비아의 모습을 찍은 영상도 있었으나, 한밤중에 초고속으로 이동해서 못 보고 말았다).

그리고 검은 현재 경찰서에서 보관 중이다.

그런 사실은 조금도 모른 채.

'뭐, 나중에 찾으러 가면 되겠죠.'

리비아는 태평하게 생각했다.

4월 22일 11시 7분

다음 날도 미코토와 함께 아침부터 느긋하게 영화를 보며 시간을 보냈다.

두 편째 영화가 끝났을 때.

"슬슬 점심시간인가…. 오늘은 밖에서 밥을 먹고 싶어."

"괜찮네요."

미코토의 말에 리비아도 찬성했다. 참고로 오늘 미코토는 핑크색 롱헤어 가발을 썼다.

"리비아는 평소 점심에 어떤 걸 먹어?"

"노숙자 시절엔 무료 급식 카레와 주먹밥을 먹는 때가 많았습니다. 노아 공의 집에 신세를 졌을 땐 배달 피자나 튀김 덮밥, 초밥을 먹었고요. 밖에서 식사할 땐 라면을 자주 먹었습니다."

"라면! 맛있겠다."

미코토가 기뻐하자 리비아도 고개를 끄덕였다.

"네. 기후 시내의 라면 가게는 거의 다 가봤습니다."

"대단하네."

미코토는 부러운 표정을 지었다.

"나도 라면은 좋아하는데 휠체어를 타고 있으면 라면 가게에 들어가기 힘들어서 배달 라면 외엔 먹어본 적이 없어."

"그러고 보니 좁은 가게에 들어가기 힘드시겠네요. 넓은 가게 중엔 휠체어를 타고 들어갈 수 있는 곳도 있지 않을까요?"

"흠…. 그럼 네가 추천하는 가게 중 넓은 곳이 있으면 가보고 싶어."

"그러게요…."

리비아는 마음에 드는 가게 중에서 내부가 넓은 곳을 하나 골라 전화로 휠체어를 타고 들어가도 괜찮은지 확인했다.

『물론 괜찮습니다!』

"감사합니다. 그럼 지금 출발하겠습니다."

『네, 기다리겠습니다!』

전화를 끊은 리비아가 말했다.

"그럼 바로 가볼까요."

미코토는 마치 순진무구한 어린아이처럼 활짝 웃으며 "응!" 하고 고개를 끄덕였다.

4월 22일 11시 34분

리비아가 고른 가게는 베트콩 라면 가게로, 가게 내부가 넓고 종업원도 많았다.

두 사람이 가게를 찾아가자 점원이 맞이했다.

"아까 전화 주셨던 분이시죠? 이 자리에 앉으세요."

두 사람은 입구 근처의 테이블석으로 안내 받았다. 자리 뒤쪽엔 미코토가 쓰는 대형 전동 휠체어를 놓아두기에 충분한 공간이 있었다.

휠체어에서 내려 자리에 앉은 미코토는 두근거리는 표정으로 가게 안을 둘러봤다.

"오오―…. 여기가 진짜 라면 가게구나. 가게 안에 충만한 이 냄새, 배달 라면으로는 느낄 수 없어."

이어서 메뉴판을 들고 살펴봤다.

"메뉴가 많네! 베트콩 라면만 있는 게 아니었구나. 밥도 있고… 칠리 새우랑 고추잡채도 있어…. 라면 가게라기보단 중화요리 가게야."

즐겁게 메뉴판을 보는 미코토의 모습에 리비아는 흐뭇한 미소를 지었다.

"가장 추천하는 메뉴는 역시 베트콩 라면이지만, 다른 라면과 사이드 메뉴도 전부 맛있습니다. 그리고 부추 달걀덮밥도 숨은 명물로 인기 있다고 합니다."

"날 유혹하지 마."

쓴웃음을 지은 미코토는 그 후 한동안 신시한 표정으로 메뉴판을 살펴봤다.

"으—음…. 그럼 처음이니까 간판 메뉴인 베트콩 라면을 먹어보자. 지금까지 먹어본 적 없기도 하고."

"알겠습니다. 그 외에 다른 것도 주문하시겠습니까?"

"아니, 그거면 돼."

"그렇습니까."

리비아가 점원을 불렀다.

"베트콩 라면 하나랑 차슈면 하프 볶음밥 세트 하나, 그리고 닭고기 튀김, 교자, 새우 슈마이, 칠리 새우, 부추 달걀 볶음 1인분씩 부탁드립니다."

리비아가 주문하자 점원은 살짝 당황한 표정을 지은 후.

"혹시 전에도 오셨던 분 아닌가요?"

"네. 이번이 네 번째입니다."

"역시 그렇군요! 죄송합니다. 머리카락 색이 달라서 못 알아봤어요. 항상 찾아주셔서 감사합니다!"

명랑하게 말한 점원이 주방에 주문을 전달하러 갔다.

"…매번 이렇게 많이 주문해?"

"네. 항상 이 정도는 주문합니다."

"그렇구나. 그럼 점원이 얼굴을 기억하는 게 당연하겠네."

미코토는 쓴웃음을 지으며 말했다.

주문 후 잠시 기다리자 차례차례 음식이 나왔다.

"아무리 봐도 사진보다 양이 많은데…. 다 먹을 수 있을까…."

면 위에 듬뿍 올라간 채소볶음과 마늘을 보고 미코토가 얼굴을 찌푸렸다.

"다 못 드시면 소인이 도와드릴 테니 안심하십시오."

"그래? 그럼 부탁해."

"네. 그럼 잘 먹겠습니다."

리비아가 바로 라면을 먹기 시작했다. 미코토도 조금 작은 목소리로 망설이며 "자, 잘 먹겠습니다."라고 말하고 젓가락을 들었다.

"……흠… 그렇구나, 이 라면은… 먹으니까 힘이 솟아. 몸이 뜨거워져."

베트콩 라면을 먹은 미코토가 말했다.

"그렇죠? 먹으면 힘이 납니다."

미코토는 만면의 미소를 지으며 라면뿐만 아니라 사이드 메뉴도 차례차례 먹는 리비아를 빤히 바라봤다.

"맛있게 먹는구나…."

"네. 역시 이 가게 음식은 전부 맛있습니다!"

"…괜찮으면 한 개씩 먹어봐도 될까?"

"물론이죠. 꼭 드셔보세요. 여기 개인 접시 하나만 부탁드립니다!"

점원이 작은 접시를 가져오자 리비아는 닭고기 튀김과 교자, 슈마이, 칠리 새우를 하나씩 담고 볶음밥과 부추 달걀 볶음을 조금 덜어 접시에 담아 미코토에게 건넸다.

그 후 열심히 음식을 먹은 두 사람은 거의 동시에 그릇을 비웠다.

시각이 12시가 되어 가게에 점점 손님이 들어왔다. 미코토가 카드로 계산을 끝내고 같이 가게를 나왔다.

"후우… 맛있었어. 의외로 한 그릇을 다 먹었네…."

자기 배에 손을 댄 미코토가 신기한 듯 말했다.

"마음에 드셨다니 다행입니다."

"난 평소 이렇게 많이 먹는 편이 아니거든. 리비아가 먹는 모습을 보니까 왠지 식욕이 솟았어."

"하하하, 그건 소인이 아니라 베트콩 라면의 힘일 겁니다!"

"그럴 리 없겠지만…."

리비아의 말에 미코토가 쓴웃음을 지었다.

“미코토 공, 실은 이 근처에 맛있는 미타라시 당고를 파는 가게가 있습니다만.”

“더 먹으려고?!”

미코토가 놀라서 소리를 지른 후.

“…테이크아웃도 가능해?”

“가능합니다. 그보다, 가게 안에선 먹을 수 없어서 포장해 가는 수밖에 없습니다.”

“그럼 안내해줘. 간식을 먹으면서 길거리를 돌아다니는 것도 한 번쯤 해보고 싶었어.”

이리하여, 리비아는 미코토를 마음에 드는 화과자 가게로 안내했다. 미타라시 당고가 인기 있는 가게지만, 그 외에도 고헤이모찌와 찹쌀떡도 팔고 있었다.

미타라시 당고 네 개와 녹차, 그 외에도 몇 가지 간식을 사서 가게에 나온 두 사람은 미타라시 당고를 먹으며 길을 걸었다.

왼손으로 미타라시 당고 소스가 떨어지지 않도록 조심하며 오른손으로 휠체어 조이스틱을 조작하는 미코토의 움직임이 조금 위험해 보였다.

“미코토 공, 가까운 공원에서 먹을까요.”

“그게 좋겠어….”

살짝 뺨을 붉히며 고개를 끄덕인 미코토는 리비아에게 미타라시 당고를 건넸다.

4월 22일 19시 26분

리비아와 미코토는 공원에서 미타라시 당고를 먹은 후 일단 집으로 돌아갔다가 밤에 다시 밖으로 나왔다.

택시를 타고 찾아간 곳은 번화가에 있는 중화요리 가게. 그러나 낮에 갔던 라멘 가게 같은 대중음식점이 아니라 전석 별실인 고급 가게다.

이 가게는 미코토가 골랐다.

"또 중화요리인가요?"

"모처럼이니 오늘은 중화 축제를 해볼까 하고."

미코토는 가게 앞에서 살짝 당황한 리비아의 반응에 웃었다.

가게 내부는 깨끗했다. 복도도 별실도 널찍해서 휠체어를 타고도 불편함 없이 이동할 수 있었다.

안내를 받은 방 중앙에는 회전 테이블이 있었다. 리비아와 미코토는 서로 마주 보는 자리에 앉았다.

"음료 메뉴입니다."

여성 점원에게 커다란 메뉴판을 받아든 리비아는 내용을 읽어봤다.

소흥주, 맥주, 와인, 스파클링 와인, 일본주, 칵테일, 중국

차, 소프트 드링크로 카테고리가 나뉘었고, 전부 종류가 풍부했다. 그러나 리비아가 아는 건 소프트 드링크밖에 없었다.

'대, 대체 뭘 골라야 할까요….'

리비아가 곤란해하던 중.

"난 추천하는 스파클링 와인을 적당히. 그리고 재스민차를 줘."

"소, 소인도 같은 걸로 부탁드립니다!"

미코토가 주문하자 리비아도 곧바로 따라 주문했다.

"알겠습니다."

점원이 미코토와 리비아에게 건넸던 음료 메뉴판을 도로 가져갔다.

그 후 미코토는 테이블을 돌려 위에 놓인 음식 메뉴판을 자기 앞으로 옮겼다.

"오오?! 돌아가는군요?!"

소리지르며 놀라자 미코토와 점원이 쿡쿡 작게 웃었다.

"음식은… 그러게. 일단 페킹덕이랑 제비집 수프, 샤오룽바오, 방방지로 할게. 리비아는 더 먹고 싶은 거 있어?"

미코토가 메뉴판을 테이블에 놓고 돌려서 리비아의 앞으로 옮겨줬다.

리비아는 메뉴판을 보며 확인했다.

한자로 적힌 요리 이름 위에 가타카나로 읽는 방법이 적혀있고, 아래에 작게 일본어와 영어로 설명이 적혀있었다.

그러나 거의 낯선 요리뿐인데다 사진도 없어서 설명을 읽어도 어떤 음식인지 잘 상상이 되지 않았다.

'으음, 샥스핀을 오랜 시간 끓여 수프를 만들고 간장과 굴소스를 넣은 음식— 샥스핀이 대체 뭐죠…? 그보다 비싸!'

오늘 점심 식사의 총액보다 샥스핀 수프 단가가 훨씬 비쌌다. 리비아는 눈을 동그랗게 떴다.

"그, 그럼 칠리 새우랑 마파두부를 먹겠습니다!"

일단 메뉴 중에서 발견한, 리비아가 아는 두 음식을 주문했다. 이 두 음식도 리비아가 가는 라면 가게에서 파는 가격의 몇 배였다.

점원이 인사를 하고 방에서 나갔다.

"후우…."

미코토가 긴장이 풀려 한숨을 쉰 리비아를 보고 놀리듯 웃었다.

"후후, 점심에 갔던 라면 가게는 익숙해 보였는데, 여기서는 굉장히 어색하네."

리비아는 얼굴을 살짝 붉혔다.

"이, 이런 멋진 가게는 처음 와봤습니다. 소인이 아는 중화요리 가게와 차원이 다르군요…."

노아의 집에서 먹었던 배달 음식도 기본적으로 정크푸드에 가까워서 고급 요리에 전혀 익숙하지 않았다.

"미코토 공은 이런 가게에 자주 오십니까?"

“어렸을 땐 부모님이랑 같이 종종 왔어. 어른이 된 후로는 전혀 안 왔고.”

“그렇군요.”

두 사람이 대화를 나누던 중, 얼마 지나지 않아 점원이 음료를 가지고 왔다.

리비아는 스파클링 와인을 한 모금 마셨다.

“흠, 이 스파 뭐라고 하는 건… 샴페인과 비슷하군요.”

미코토가 웃었다.

“음. 비슷하다고 할까, 샴페인이 스파클링 와인의 일종이야.”

“네?!”

리비아가 놀란 표정을 지었다.

“프랑스의 샹파뉴 지방에서 만든 와인 중 특별한 기준을 충족한 스파클링 와인을 샴페인이라고 불러.”

“그렇군요…. 노아 공의 집에서 돔 뭐라고 하는 거나 루이 뭐라고 하는 이름의 샴페인을 자주 마셨는데, 그런 특별한 와인이었습니까?”

미코토가 눈을 가늘게 떴다.

“…혹시 돔 페리뇽이랑 루이 로드레?”

“아, 맞아요. 그거였습니다.”

“그 두 가지는 샴페인 중에서도 최고급 브랜드야….”

“그런가요?! 톡톡 튀고 술술 넘어가고 어떤 음식에도 잘 어울려서 뭘 마실지 망설여질 땐 일단 샴페인을 골랐었습니다….”

“식중주(食中酒)로서 만능인 술이긴 하지만…. 혹시 레스토랑에서 일단 맥주를 마셔볼까~ 하는 식으로 돔 페리뇽을 주문하면 소믈리에가 화를 낼 거야. 호스트 클럽에 가면 최고의 손님이 되겠지만.”

미코토는 쓴웃음을 지었다.

“그런데 그 노아라는 사람은 정말 돈이 많구나.”

“네. 미코토 공처럼 회사 같은 걸 경영하고 있었습니다. …지금은 구속당했지만요….”

그러는 동안 점원들이 차례차례 음식을 차렸다.

익숙한 동네 중화요리 가게와는 다른 맛있는 음식을 보고 입맛을 다시는 리비아.

이미 먹어본 음식인 칠리 새우도 어딘가 달랐다.

“코, 콜록?!”

덥석 베어 문 순간 리비아는 목이 막혔다.

리비아가 익숙하게 먹었던 칠리 새우처럼 걸쭉하지 않고, 케첩의 단맛도 나지 않았다. 너무 매워서 삼킨 후에도 혀에 얼얼한 느낌이 남았다. 그런데도 새우 본래의 육즙 가득한 감칠맛은 확실하게 느껴졌다.

“하하. 여기서 파는 칠리 새우는 매운맛과 얼얼함을 확실하게 느낄 수 있는 본격 사천요리거든. 점심때 먹은 칠리 새우랑 전혀 다를 거야.”

"그렇군요…. 맵지만 이건 이것대로 맛있습니다. …흠, 이 양념은 메뚜기에도 잘 어울릴 것 같네요…."

"뭐? 메뚜기?"

문득 떠오른 생각을 말하자 미코토가 되물었다.

"네. 소인은 메뚜기를 좋아합니다."

"…좋아한다는 건, 혹시 음식으로서 좋아한다는 뜻이야?"

리비아는 의아한 표정으로 확인하는 미코토에게 고개를 끄덕였다.

"네. 노숙자 시절에 자주 먹었습니다. 새우 같은 맛이 나서 맛있습니다. 곧 강가에 메뚜기가 돌아올 테니 다시 메뚜기를 먹고 싶습니다. 미코토 공에게도 대접해드릴까요?"

"아니, 사양할게. 메뚜기를 먹는 건 내 버킷 리스트에 없는 일이야."

"사양하지 마십시오."

"사양하는 게 아니야. 그냥 싫어."

미코토가 단호하게 거부했으나 리비아는 계속 물고 늘어졌다.

"정말 맛있습니다. 노아 공은 소인이 튀긴 메뚜기튀김을 지금까지 먹은 음식 중에서 제일 맛있다고 했습니다."

"그렇게까지?!"

"네."

"흠…. 노아라는 사람은 입맛이 까다로울 것 같은데. 좀 궁금한걸…."

"그렇다면 꼭 드셔보십시오!"

최선을 다해 메뚜기를 추천하자 미코토가 결국 마음을 굳혔다.

"알겠어. 다음에 먹어볼게."

"네!"

리비아는 활짝 웃으며 고개를 끄덕였다.

그 후로도 두 사람은 계속 음식을 먹으며 추가로 말린 전복 굴 소스 볶음, 샤스핀 찜, 팔보채, 해삼볶음, 상하이 볶음국수, 돼지고기 조림을 주문하고 디저트로 참깨 경단과 행인두부를 주문해서 전부 먹어 치웠다. 술도 스파클링 와인뿐만 아니라 소흥주와 칭다오 맥주도 마셨다.

"오늘은 리비아 덕분에 다양한 음식을 먹었어. 하루에 이렇게 많이 먹은 건 태어나서 처음이야."

의자에 등을 기댄 미코토가 만족스럽게 말했다.

나온 음식은 기본적으로 1/4 정도를 미코토가 먹고 리비아가 나머지를 전부 먹었다. 그러나 양도 종류도 많아서 1/4라도 상당한 양이었다.

"미코토 공도 꽤 대식가군요. 이 상태라면 병 따윈 금방 낫지 않을까요?"

리비아가 말했다.

"하하, 오히려 반대야."

미코토는 입꼬리를 올리며 대답했다.

"반대라고요?"

"얼마 전까진 치료를 위해서 식사를 제한하고 외출도 못 했었는데, 이젠 뭘 해도 완치될 가망이 없으니까 아무 신경 쓰지 않고 마음대로 먹고 마음대로 행동할 수 있게 된 거야."

너무나 무거운 사실이었다.

미코토는 그 사실을 대수롭지 않은 목소리로 평온한 미소를 지은 채 말했다.

그런데 이미 다들 눈치채고 있겠지만.

켄모치 미코토는, 곧 죽는다.

재판!

4월 7일 18시 12분

키노시타 노아가 기소된 지 일주일.

그녀의 신병은 계속해서 경찰의 유치장에 구속된 상태다.

원래 판결이 확정되지 않은 피고인은 법무성의 시설인 구치소에 들어가야 하지만, 일본에선 구치소의 수가 부족해서 대신 유치장에 들어가는 경우가 많다.

"세키타 유마 씨를 조사했습니다."

접견하러 온 노아의 변호인 아이사키 브레다가 말을 꺼냈다.

세키타 유마— 웰즈 브랜치 힐 클랜의 멤버이자 히루가노 전기의 중역인 세키타 히로아키의 아들로, 노아의 내부자 거래를 경찰에 고발한 인물이다.

"그는 『타이린(大輪)의 집』과 연관이 있다는 사실을 알게 되었습니다. …물론 키노시타 씨는 타이린의 집에 대해 알고 계시겠죠."

"네. 제 오빠가 대표를 맡은 복지단체입니다."

노아가 고개를 끄덕였다.

타이린의 집은 열 살 이상 나이 차이가 나는 노아의 오빠 미나카미 토고가 운영하는 조직으로, 겉으로는 복지단체이지만 월즈 브랜치 힐 클랜과 마찬가지로 『킨카의 나뭇가지』의 하부 조직이다.

학생 중심인 월즈 브랜치 힐 클랜과 달리 고령자층을 주요 타깃으로 하는 조직으로, 킨카의 나뭇가지를 위해 돈을 모으는 역할이라는 점은 변함없다.

"조사에 따르면 세키타 유마가 당신의 클랜에 들어간 건 반년 정도 전이더군요. 그러나 그는 그보다 전에 타이린의 집 간부와 접촉하고 있었습니다. 아마 세키타 유마는 타이린의 집에서 보낸 스파이일 겁니다. 키노시타 씨는 함정에 빠진 거죠."

"그렇겠죠."

"이미 눈치채셨나요?"

"네."

브렌다가 의외라는 표정을 짓자 노아는 슬프게 고개를 끄덕였다.

킨카의 나뭇가지의 하부 조직은 교조인 미나카미 쇼헤이의 자식들이 각각 운영하고 있다. 그는 자식 중 가장 뛰어난 사람을 자신의 후계자로 삼겠다고 선언했다. 즉 노아와 형제자매들은 교단의 차기 수장 자리를 둘러싸고 경쟁하는 관계다.

뛰어난 카리스마로 순조롭게 클랜 멤버를 늘리고, 게다가 컴퓨터를 써서 영상과 음악 제작도 하고, 개인적으로도 주식으로 이익을 내는 노아는 다른 형제자매들에게 있어 눈엣가시 같은 존재였을 거다.

그중에서도 장남인 토고의 『타이린의 집』은 옛날 그대로 영감상법이 주요 수입원이다. 요즘은 한구레 조직 등에 의한 특수 사기에 밀려서 쇠퇴했다. 노아를 함정에 빠트리는 사람이 있다면 토고일 거라고 예상했다.

"전 교단의 후계자 싸움에 관심이 없습니다만…. 곤란하네요."

그저 아버지에게 명령받은 대로 월즈 브랜치 힐 클랜을 만들고 우연히 성공했을 뿐인데. 처음부터 교단은 어떻게 되든 상관없었다.

리비아라는 진짜 구세주와 만난 지금은 어떻게 해서든 킨카의 나뭇가지와 인연을 끊고 싶을 정도였다.

"세키타 유마 씨가 악의적으로 내부자 거래를 하도록 유도했다면 정상참작을 인정받을 가능성이 큽니다."

"그런가요. 그럼 그 방향으로 부탁드립니다."

어리석은 오빠의 의도대로 흘러가는 건 마음에 들지 않았으나, 유죄 판결을 받으면 노아는 후계자 다툼에서 탈락하게 된다.

경찰은 노아를 체포해서 킨카의 나뭇가지 본부를 흔들고 싶어 했으나, 아마 교단은 자신들과 상관없다는 태도를 관철할 거다.

교단이 클랜과 함께 노아를 잘라버린다면 오히려 노아도 바라던 바였다.

월즈 브랜치 힐 클랜은 교단과 인연을 끊고 순수하게 리비아 님 팬클럽으로써 다시 태어날 거다.

"…정말 무죄가 아니라 정상참작을 노리는 방향으로도 괜찮으시겠어요?"

"네."

어딘가 불만스러워 보이는 변호사의 말투가 신경 쓰였으나, 노아는 고개를 끄덕였다.

5월 16일 9시 53분

노아가 기소당한 후 약 1개월 반.

드디어 기후 지방재판소에서 노아의 첫 공판이 열렸다.

변호인석에 앉은 아이사키 브렌다는 긴장한 채 법정 안을 둘러봤다.

피고인인 노아는 형무관 두 사람 사이에서 방청석에 등을 향한 채 앉아있었다. 트레이닝복 차림에, 표정은 침착했다.

방청석은 만석. 그중에는 카부라야 소스케도 있었다.

이번 사건처럼 주목도가 높고 방청 희망자가 많은 재판은 추첨을 하는데, 다행히 무사히 방청권을 거머쥐었나 보다.

소스케와 눈이 마주치자 그가 살짝 손을 들어 인사했다. 브렌다도 그에게 희미한 미소로 대답했다.

'방금 이 인사, 왠지 몰래 사귀는 연인 사이 같지 않았나?!'

남몰래 흥분한 브렌다는 호흡을 가다듬었다.

'소스케 군이 보고 있어…. 멋진 모습을 보여줘야 해.'

마음을 다잡은 브렌다.

오늘은 평일이라 사라는 없다.

그 외엔 노아의 밴드 멤버인 유미사시 아스미와 월즈 브랜치 힐 클랜의 부대표 카사이 아키토도 방청석에 있었으나, 리비아는 보이지 않았다.

브렌다의 맞은편인 검찰 측 자리에 앉은 사람은 검사 오오니시 히데키.

심약해 보이는 얼굴의 뚱뚱한 남성으로, 나이는 31세, 독신, 연인 없음. 좋아하는 건 특촬 방송, 좋아하는 음식은 볶음밥, 술을 못 마신다 등등…. 이렇게까지 자세히 아는 이유는, 노아가 취조를 받으면서 들었기 때문이다.

저 남자가 이번 재판에서 브렌다가 직접 대결해야 하는 상대다. 하지만 그는 피고인을 동정하고 있어서, 되도록 가벼운 형량을 받도록 도와줄 거라고 했다.

'스스로 기소당하게끔 했으면서 검사를 회유하다니. 정말

특이한 의뢰인이야….'

현재 브렌다는 평소 입는 드레스가 아니라 특별주문한 하얀 정장을 입었다. 가슴께에 변호사 배지가 반짝였다.

법정에 있어 변호사의 복장에는 따로 규정이 없다. 그러나 지나치게 기발한 옷을 입으면 판사나 배심원에게 좋지 않은 인상을 줄 가능성이 있다. 그래서 대부분 무난한 정장을 입는다.

검찰도 마찬가지다. 오오니시 검사는 검은 정장을 입었다.

판사는 재판소에서 지급한 검은 법복을 입어야만 한다.

개정 시간인 오전 10시가 되어 판사가 입정했다. 판사는 마흔 살 정도의 남성이었다.

방청인을 포함한 법정 안에 있는 모두가 기립했다. 판사가 자리에 앉기 전에 고개를 숙여 인사하는 타이밍에 맞춰 모두 인사를 하고 자리에 앉았다.

이리하여 재판이 시작되었다.

"피고인은 증언대 앞에 서십시오."

판사의 지시로 노아가 증언대에 섰다.

판사는 노아에게 이름과 생년월일, 주소, 직업 등을 질문하며 그녀가 틀림없이 이 재판의 피고인 본인이라는 사실을 확인했다.

이어서 검찰이 기소장을 낭독했다.

판사가 피고인에게 묵비권에 대해 설명했다.

"조금 전 검찰이 읽은 기소장 내용에 틀린 부분이 있습니까."

판사의 질문에 노아가 “없습니다.”라고 대답했다. 브렌다도 “피고인과 같은 의견입니다.”라고 말했다.

지금까지의 흐름을 모두(冒頭) 절차라고 한다. 이어서 증거 조사에 들어갔다.

우선 검찰이 피고인의 성장 과정과 내부자 거래에 이른 경위 등, 앞으로 증거를 제출하여 증명하려고 하는 사실을 읽었다.

그 후 증인이 법정에 들어와 증언대 앞에 섰다.

스무 살 정도의 젊은 남성이었다.

판사가 “선서문을 낭독해주십시오.”라고 지시하자 서기관이 “기립하십시오.”라고 법정 안의 사람들에게 말했다.

판사와 서기관을 제외한 사람들이 일어선 후, 증인이 증언대에 놓인 선서문을 읽었다.

“선서. 양심에 따라 숨김과 보탬이 없이 사실 그대로 말할 것을 맹세합니다. 세키타 유마.”

선서가 끝나자 증인을 포함하여 모두가 자리에 앉았다.

세키타 유마— 노아와 자신의 내부자 거래를 경찰에 신고한 사람이다.

“법률에 따라 선서를 한 증인이 허위 진술을 했을 경우, 위증죄를 물을 수 있습니다. 아시겠습니까?”

“네.”

판사의 질문에 세키타가 고개를 끄덕였다.

그 후 검찰이 신문을 시작했다.

"우선 자기소개를 부탁드립니다."

"세키타 유마, 20세. 대학생입니다. 키노시타 노아 씨가 대표를 맡은 월즈 브랜치 힐 클랜이라는 단체에 있었습니다."

"있었다는 건 지금은 탈퇴하셨다는 뜻입니까?"

"네."

"월즈 브랜치 힐 클랜이란 어떤 단체입니까?"

"대학생 중심의 자원봉사 단체입니다. 노숙자에게 무료 급식을 하거나 청소 활동을 했습니다. 그리고 대표인 노아 씨에게 신의 가르침을 배웠습니다."

"즉, 종교단체적인 측면도 가지고 있다는 뜻입니까?"

"네."

"클랜에는 클랜 홈이라고 하는 활동 거점이 있다고 하던데요."

"네. 클랜 멤버는 100명 정도로, 멤버의 절반이 클랜 홈에서 공동생활을 하고 있습니다."

"세키타 씨는 클랜 홈에서 생활하셨습니까?"

"아니요. 전 집에서 다녔습니다."

"당신은 올해 1월 3일 오후 4시경, 클랜 홈에 있는 고해실이라고 하는 방에서 피고인에게 히루가노 전기의 에리구치 제작소 매수 계획을 전달했습니다. 틀림없습니까?"

"네."

"그때의 음성 데이터가 갑 제 2호 증거로 제출한 이 데이터입니다."

오오니시 검사가 레코더에서 음성을 재생했다.

『…부디 제 이야기를 들어주십시오. 제 아버지의 회사가 곧 다른 회사를 매수할 예정입니다. 아버지의 회사는 상장 기업으로, 매수 발표를 하면 주가가 크게 오를 게 틀림없다고 자랑하셨습니다. 하지만 매수되는 회사에도 수많은 사원이 있습니다. 그 사람들은 분명 슬퍼할 겁니다. 부디 아버지가 다른 사람들을 불행하게 만든 죄를 용서해주십시오….』

검사가 음성을 껐다.

"세키타 씨. 이건 당신이 한 말이 틀림없습니까?"

"네."

"고해라는 형태를 빌려서 피고인에게 중요 사실을 전했습니다. 그렇죠?"

"네."

그때 판사가 의문을 제기했다.

"녹음된 건 증인의 목소리뿐입니까? 피고인의 목소리는요?"

"고해실은 이용자가 칸막이 너머에 있는 피고인을 향해 일방적으로 고백하는 시스템입니다."

검사가 대답하자 판사가 이어서 질문했다.

"방금 재생한 음성에는 히루가노 전기의 이름이 나오지 않았는데요. 이 이야기를 듣고는 어떤 회사 이야기를 하는지 모르지 않을까요?"

"고해실은 예약제라, 클랜의 대표인 피고인은 누가 이용했는지 쉽게 알 수 있습니다."

"그렇군요."

판사가 상황을 이해하고 고개를 끄덕였다.

"검찰 측에서 제시한 증거는 이상입니다."

"그럼 변호인 측, 반대 신문을 하세요."

"네."

브렌다는 대답을 하고 일어섰다.

'드디어….'

죄를 저지르도록 꾸몄다는 방향으로 정상참작을 노리려면, 세키타와 『타이린의 집』에 대한 관계를 추궁하고, 세키타가 악의를 품고 노아에게 정보를 제공했다는 사실을 증명하는 게 브렌다의 역할이다.

그러나 브렌다는 그와 전혀 상관없는 질문을 했다.

"세키타 씨. 당신은 히루가노 전기의 중역인 아버님께 에리구치 제작소 매수 계획을 들은 게 틀림없으십니까?"

"네."

"아버님은 평소 당신에게 회사의 기밀 정보를 쉽게 말씀하십니까?"

"아버지는 술을 드시고 취하면 항상 회사 자랑을 하십니다. 본인이 얼마나 성적을 올렸는지, 부하에게 존경받는지 등을요."

"매수 이야기를 들은 것도 아버님이 취했을 때인가요?"

"네."

"그 이야기를 들은 건 당신뿐입니까?"

"아뇨. 같이 저녁을 드시던 어머니와 동생도 들었습니다."

"참고로 아버님이 그 이야기를 한 건 언제인가요?"

그때 판사가 입을 열었다.

"변호인. 증인이 언제 어떻게 정보를 입수했는지는 이 재판과 그리 관계가 없는 내용 같습니다만?"

브렌다는 "그렇습니다."라고 판사의 말을 긍정했다.

"중요한 건 이 증인이 아닙니다."

"네?"

판사뿐만 아니라 증인과 검사, 노아도 곤혹스러운 표정을 지었다.

브렌다는 손에 든 자료에서 종이 한 장을 꺼냈다.

"이건 작년 12월 16일 12시 32분 트위터에 올라온 글입니다. 읽어보겠습니다. 음—『망할 영감이 저녁 먹을 때 이번에 라이벌 회사를 매수한다고 엄청 자랑해서 개짜증— 이모티콘 짜증 난 표정. 우리 가족 중 너네 회사 이야기에 관심 있는 사람은 아무도 없다고 키읔키읔키읔키읔키읔키읔』…이상입니다. 이 글이 올라온 계정은 미치밋차. 계정 소유자는 현재 고등학교 2학년인 세키타 미츠히로 씨로 판명되었습니다."

"네?!"

세키타가 놀라서 소리를 질렀다.

"네. 세키타 미츠히로 씨는 지금 증언대에 선 세키타 유마 씨의 동생입니다. 참고로 이 계정은 현재도 존재합니다. 세키타 씨, 당신은 동생의 SNS 계정에 대해 알고 계셨습니까?"

"아, 아뇨. 몰랐습니다."

"모르시는 게 당연하겠죠. 주로 학교 친구들과 교류하는 계정이니까요. 문제는 이 계정이 비공개 설정이 아니라서 전 세계의 누구나 조금 전 읽은 글을 볼 수 있는 상태라는 점입니다."

"서, 설마…."

브렌다의 의도를 깨달은 오오니시 검사가 눈을 크게 떴다.

브렌다는 강한 목소리로 말했다.

"내부자 거래는 회사에 관해 공표하지 않은 중요 사실을 관계자에게서 입수해서 주식 거래를 해야만 성립합니다. 그러나 이 사건의 피고인이 세키타 유마 씨에게 받은 정보는 그 시점에 이미 세상에 공표된 후였습니다."

이 재판의 쟁점을 근본부터 뒤집은 브렌다의 주장에 방청인들이 술렁였다.

"정숙하세요!"

판사가 주의를 준 후, 굳은 표정으로 브렌다에게 질문했다.

"…즉, 변호인은 피고인의 무죄를 주장한다는 뜻입니까?"

"저희가 원하는 건 어디까지나 진실을 근거로 한 적절한 양형입니다. 그러나 키노시타 씨의 행위가 내부자 거래의 조건을 충족하지 않을 가능성이 나온 이상, 무죄 판결 역시 시야에 넣을 수밖에 없습니다."

시치미를 떼며 말하자 판사가 더욱 얼굴을 찌푸렸다.

"하지만 피고인은 이미 죄를 인정하지 않았습니까?"

브렌다는 계속 침착한 태도로 담담하게 대답했다.

"피고인이 인정한 건 『세키타 유마 씨에게 들은 정보를 근거로 히루가노 전기의 주식을 샀다』라는 사실 뿐입니다. 그게 죄가 된다고 **착각**했을 뿐입니다."

"뭐라고요…!"

판사가 당황한 표정을 지었다. 오오니시 검사도 지긋지긋하다는 듯 브렌다를 노려봤다.

'…피고인에게 동정적이라고 해도, 역시 검찰의 체면을 걸고 기소한 사람을 무죄로 보낼 순 없겠지.'

흘끗 노아를 살피자 그녀는 브렌다를 향해 굳은 쓴웃음을 짓고 있었다.

"하지만 변호인, 조금 전 읽은 글만으로 『히루가노 전기가 에리구치 제작소를 매수한다는 계획이 공표되었다』라고 보기엔 무리가 있지 않습니까?"

"물론 알고 있습니다."

판사의 지적에 고개를 끄덕인 브렌다는 자료를 몇 장 더 꺼냈다.

"우선 같은 계정의 이전 글에는 계정 소유자의 얼굴과 다니는 학교가 찍힌 사진이 여러 장 있었습니다. 이 계정의 소유자가 세키타 히로미츠 씨라는 점은 쉽게 특정할 수 있습니다.

또한 팔로워에게 보낸 맨션 중 본인의 아버지가 기후의 전자기기 제조 회사의 중역이라는 사실을 밝힌 것이 있습니다. 아버지인 세키타 히로아키 씨의 이름은 히루가노 전기의 공식 홈페이지에 집행 임원으로 실려 있습니다. 조금 전의 글에 나온 『너네 회사』가 히루가노 전기라는 사실을 충분히 추측할 수 있습니다."

"그, 그렇군요."

브렌다는 판사와 검사에게 종이 한 장을 나눠줬다.

"작년 12월 20일에 작성된 공립 사와라 중학교 교내 신문 복사본입니다."

"교, 교내 신문?"

판사가 곤혹스러운 목소리로 말했다.

"좌측 하단에 있는 칼럼을 봐주세요."

브렌다가 교내 신문의 칼럼을 읽었다.

"『저희 아버지는 회사를 경영하고 있습니다. 저희 할아버지가 만든 회사로, 올해 창업 64년입니다. 그렇게 큰 회사는 아니고 돈도 많이 벌지 못하는 것 같지만, 종업원들은 다들 본인이 다니는 회사의 제품에 자신감과 자부심을 가지고 있습니다. 저는 어렸을 때부터 공장을 견학하는 걸 좋아했습니다. 어른이 되면 여기서 일하고, 언젠가 아버지의 일을 물려받고 싶다고 생각했습니다. 하지만 그런 회사가 곧 사라지게 되었습니다.』―."

그곳에는 중학생치고는 교묘한 문장으로 아버지의 회사가 같은 업계의 다른 회사에 매수당한 슬픔과 회사가 없어져도 거기에서 만든 제품과 기술은 앞으로도 계속 이어질 거라는 희망과 긍지가 적혀있었다.

브렌다는 낭독을 도중에 끊고 말했다.

"이 칼럼 코너는 중학교 신문위원회의 멤버가 돌아가면서 담당합니다. 이 칼럼을 집필한 사람은 당시 3학년이었던 에리구치 타쿠미 군. 히루가노 전기에 매수된 에리구치 제작소의 사장 에리구치 코사쿠 씨의 아들입니다."

법정 안이 다시 술렁였다. 판사가 "정숙하세요!"라고 주의를 줬다.

조용해진 참에 브렌다가 말을 이었다.

"사와라 중학교 교내 신문은 7년 전 신문부터 전부 교내 웹사이트에서 공개하고 있습니다. 이 칼럼 역시 매수가 발표되기 1개월 정도 전부터 전 세계의 누구나 열람할 수 있었습니다. 칼럼에는 회사 이름이 나오지 않았지만, 집필자인 에리구치 타쿠미 군의 이름은 적혀있었습니다. 사와라 중학교 학군 내에 에리구치라는 이름이 있는 회사는 에리구치 제작소 하나밖에 없다는 점에서, 칼럼에 적힌 회사가 에리구치 제작소라는 사실을 쉽게 특정할 수 있습니다. 『같은 업계의 다른 회사에 매수』라는 정보와 조금 전 세키타 미츠히로 씨의 트위터 정보를 총합하면 『가까운 시일 내에 히루가노 전기가 에리구치 제작소를 매수한다』라는 답을 도출할 수 있습니다."

브렌다가 막힘없이 말한 후 "이상입니다."라고 말을 끝맺자 바로 오오니시 검사가 입을 열었다.

"무, 물론 이론상 누구나 중요 사실을 알 수 있습니다만… 그렇다고 해서 개인의 SNS와 중학교 교내 신문을 근거로 『공표되었다』라고 말하는 건 탁상공론입니다!"

"흠…. 변호인, 검찰의 지적에 대해 어떻게 생각하십니까."

판사가 인상을 쓰며 브렌다에게 말했다. 브렌다는 이렇게 대답했다.

"판사님, 그럼 제 주장이 탁상공론이 아니라는 사실을 증명할 증인을 불러도 괜찮을까요?"

"…허락합니다."

이리하여 세키타 유마가 퇴정하고 자리를 바꿔 두 번째 증인이 법정에 들어왔다.

그 남자도 세키타와 똑같이 선서했다.

"치카모토 아키오, 27세. 데이 트레이더입니다."

"치카모토 씨. 당신은 올해 1월, 히루가노 전기가 에리구치 제작소 매수를 발표하기 일주일 전에 히루가노 전기의 주식을 매수하셨군요. 이유가 무엇입니까?"

브렌다가 질문하자 증인 치카모토가 대답했다.

"우연히 제 트위터의 타임라인에 미치밋차라는 사람의 글이 들어왔습니다. 대수롭지 않게 미치밋차의 타임라인을 거슬러 올라가 봤더니 아버지의 회사가 다른 회사를 매수한다는 이야기를 발견했고, 궁금해서 과거 트윗을 봤더니 히루가노 전기의 중역의 아들이라는 사실을 알게 되었습니다. 진짜인가— 하면서 시험 삼아 주식을 사봤습니다. …음, 혹시 저도 죄를 저지른 겁니까?"

"내부자 거래로 보려면 관계자가 명확한 의사를 가지고 중요 사실을 전달했을 경우에만 성립합니다. 제삼자가 우연히 알게 된 것까지 죄를 물을 순 없으니 안심하세요. …변호인 측의 질문은 이상입니다."

브렌다가 말하자 판사가 "검찰 측, 반대 신문이 있습니까?" 라고 물었다.

"…없습니다."

오오니시 검사가 씁쓸한 표정으로 대답했다. 브렌다가 다시 말했다.

"그럼 다음 증인 들어오세요."

세 번째 증인도 선서했다.

"하나다 마유, 38세, 전업주부입니다. 취미로 투자를 하고 있습니다."

"당신은 작년 12월 말 히루가노 전기의 주식을 매수하셨네요. 이유가 무엇입니까?"

조금 전과 같은 질문을 하는 브렌다.

"모교의 홈페이지에 실린 교내 신문에 자기 아버지의 회사가 매수당했다는 내용의 칼럼이 있어서요."

"모교란 사와라 중학교를 말씀하시는 겁니까?"

"네."

"감사합니다. 계속하세요."

"으음, 칼럼에 나온 회사가 에리구치 제작소라는 건 바로 알았습니다. 매수한 회사가 어디일까 이런저런 방법으로 조사한 끝에, 에리구치 제작소와 동종업계이면서 에리구치 제작소를 매수할 만한 회사는 히루가노 전기일 거라고 짐작하고 주식을 샀습니다."

"그 추측이 훌륭하게 적중한 거군요. 즉, 칼럼의 내용은 히루가노 전기의 에리구치 제작소 매수 계획을 파악하기에 충분한 근거가 되었다는 뜻입니까?"

"네."

"이, 이의 있습니다! 유도 신문입니다!"

오오니시가 당황해서 이의를 외치자 판사가 "이의를 인정합니다."라고 말했다.

'『이의 있음!』은 내가 외치고 싶었는데.'

브렌다는 그런 생각을 하며 여유로운 표정을 지었다.

"그럼 방금 한 질문은 취소하겠습니다. 변호인 측은 이상입니다."

"검찰 측, 반대 신문은."

판사가 말했다.

"…없습니다."

검사가 대답했다.

브렌다는 계속해서 다음 증인을 불렀다.

다음 증인 역시 조금 전 두 사람과 똑같이 인터넷에 나온 정보를 근거로 히루가노 전기의 주식을 샀다고 증언했다.

증인이 퇴정한 후.

"그 외에도 여러 명, 트위터와 교내 신문을 근거로 히루가노 전기의 주식을 매수한 분을 발견했습니다만, 아쉽게도 오늘 시간을 내실 수 없었습니다. 하지만 현실적으로 온라인상의 정보를 근거로 주식을 매수한 사람이 여러 명 있는 이상, 아무리 개인의 트위터와 교내 신문이라고 하더라도 이 사건의 중요 사실은 피고인이 들은 시기보다 훨씬 전에 이미 세간에 공표되었다고 보아도 아무 문제가 없다는 사실을 증명한 게 아닐까요!"

브렌다가 힘차게 외치자, 방청석에서 "오오…." 하는 놀라움과 칭찬이 담긴 술렁임이 퍼졌다. 방청석 앞에 있는 키노시타 노아의 뺨이 경련했다—.

5월 16일 11시 54분

노아의 첫 공판이 폐정한 후. 재판소 출구를 향해 걷던 브렌다는 문 앞에 선 카부라야 소스케와 마주쳤다.

"수고했어."

브렌다를 발견한 소스케가 말을 걸었다.

"쿠후후…. 약속대로 보러 와줬구나. 고마워."

"추첨으로 방청권을 받아야 한다는 말을 들었을 땐 불안했는데, 들어와서 다행이야. 정말 멋있었어."

소스케는 미소 지으며 칭찬했다. 브렌다의 얼굴이 달아올랐다.

"그, 그래. 전부 당신 덕분이야."

"도움이 되었다면 다행이고. 사실은 사라가 발견한 거지만."

에리구치 타쿠미의 칼럼이 실린 사와라 중학교의 교내 신문을 브렌다에게 보여준 사람은 소스케와 사라였다.

—쿠후후…. 키노시타 노아, 두고 보라고…. 당신이 아무리 유죄를 바란다 해도, 난 재판에서 무죄 판결을 받아내고야 말테니까…!

—선생님, 당연히 그러셔야죠!

네야 하루카에겐 그렇게 말했으나, 현실적으로 정상참작을 호소하는 방침으로 가는 수밖에 없다고 생각하던 참에 그 칼럼을 발견하고 한 줄기 빛을 봤다.

그 후 그 외에도 인터넷상에서 쓸 만한 정보가 없는지 쿠사나기 탐정 사무소에 조사를 부탁했더니, 세키타 미츠히로의 계정이 발견됐다.

키노시타 노아는 어째선지 유죄 판결을 받고 싶어 하기에, 이 사실은 그녀에게 전하지 않고 공판 중 갑자기 밝히기로 했다.

참고로 브렌다가 부른 세 명의 증인은 매수가 발표되기 조금 전에 우연히 히루가노 전기 주식을 샀을 뿐. 쿠사나기 탐정 사무소의 힘으로 약점을 잡아서 트위터와 교내 신문을 근거로 주식을 샀다고 증언하게 만들었다. 틀림없는 위증이라, 만약 들키면 브렌다의 변호사 생명이 끝난다.

“무죄 판결이 나오면 좋겠네—.”

소스케의 말에 브렌다는 쓴웃음을 지었다.

“뭐, 확률은 50대 50일까.”

“어, 정말? 오늘 재판 흐름을 보면 완전히 당신이 이긴 것처럼 보였는데.”

브렌다는 놀란 소스케에게 담담히 말했다.

“내부자 거래에 있어 『공표』의 정의에 인터넷은 포함되지 않거든. 다만, 최근에는 개인 SNS나 웹사이트를 공공 미디어로 보는 판결도 많으니 이번 재판의 판사가 어떻게 판단하는지에 달렸어.”

입으로는 50대 50이라고 했으나, 솔직히 브렌다도 실제로 판결이 어떻게 될지는 전혀 예상할 수 없었다.

그래도 최선을 다했다.

지금까지 맛본 적 없는 충실한 느낌에 감싸인 브렌다는 다시 길을 걸었다.

5월 16일 18시 34분

그날 밤. 변호사 아이사키 브렌다가 키노사키 노아를 접견하러 찾아왔다.

"선생님, 당신을 해고할게요. 보수도 드릴 수 없어요."

"어머, 아쉽네요."

노아가 냉담한 말투로 선언하자 브렌다는 쓴웃음을 지었다.

"그럼 해고 통지를 받아들이시는 건가요?"

적어도 보수에 대해선 물고 늘어질 줄 알았다. 노아는 허를 찔린 표정을 지었다.

"의뢰인의 뜻에 반하는 변호를 했으니 당연하죠."

브렌다의 얌전한 태도에 노아는 위화감을 느꼈다.

"보수도 정말 필요 없으십니까?"

"필요 경비 정도는 주시면 좋겠는데요."

"음……."

의심스러운 눈빛으로 빤히 바라보자 브렌다는 참지 못하고 "쿠훗." 하고 작게 웃음을 터뜨렸다.

"왜 웃으시는 거죠?"

그러자 브렌다가 사악한 미소를 지었다.

"그야… 유죄율 99.9%인 이 나라에서 무죄 판결을 받는다면 법조계에 제 이름이 널리 알려져서 의뢰가 쇄도할 테니까요. 그렇게 생각하면 천만 엔 정도는 조금도 아깝지 않답니다."

"그래서 그런 변호를 하셨군요…. 의뢰인인 저도 속이고…."

"모든 건 판결에 달렸지만, 최선을 다해 승부수를 띄울 가치가 있는 도박이었다고 생각합니다."

"도박이라니…."

노아는 뻔뻔한 말을 하는 브렌다를 보며 어이없어하는 수밖에 없었다.

브렌다는 용건은 전부 끝났다는 듯 접견실에서 나갔다.

'이 세상에는 저런 터무니없는 변호사도 있구나….'

노아는 유치장으로 데리고 가기 위해 접견실에 들어온 경찰에게 말을 걸었다.

"저기… 시라토리 경부님께 급하게 드리고 싶은 말씀이 있는데요."

5월 17일 10시 9분

다음 날.

브렌다는 키노시타 노아가 과거에 행한 다른 내부자 거래를 자백하고 경찰에 재구속되었다는 소식을 들었다.

"당~~ 했~~ 다~~ 아아아아아아아!!"

무시운 얼굴로 외치며 양손으로 머리카락을 헤집었다.

"으으으으으으으으윽! 아~~~~~~악!! 이, 이 썩어빠진 XXXX 4차원 XXXX 사이비 XXXX~~~~~~!!"

"괘, 괜찮아…?"

방송금시용어를 연발하며 노아를 욕하는 브렌다. 보고서를 가지고 사무소에 온 카부라야 소스케가 당황한 얼굴로 물었다.

깜짝 놀란 브렌다가 일단 호흡을 가다듬었다.

"하아, 하아, 하아……. 나, 나도 모르게 화를 냈어…. 미안해…."

"아, 아니, 괜찮아."

브렌다는 책상에 놓인 커피를 마시고 깊은 한숨을 쉬었다.

"하아…. 내 계획이 전부 날아갔어…."

그러자 소스케가 이상하다는 듯한 표정을 지었다.

"당신이 변호한 사건이랑 키노시타가 새롭게 자백한 내부자 거래는 별개의 사건이잖아? 당신이 어제 재판에서 무죄 판결을 거머쥐었…을지 아닐지는 아직 모르지만, 그 결과가 사라지는 건 아니잖아."

"그렇지 않아."

브렌다는 소스케의 말을 부정했다.

"병합죄라는 게 있어. 동일 인물이 판결이 확정되지 않은 여러 범죄를 동시에 기소당한 경우, 재판에서 한꺼번에 판결을 내려. 그러니 만약 히루가노 전기 건에선 내부자 거래가 성립하지 않더라도, 다른 사건에서 유죄 판결을 받으면 최종 판결은 유죄가 되는 거야."

"헤에… 그런 게 있구나…."

브렌다가 푹 고개를 숙였다.

"그래…. 이 나라에서 무죄 판결을 거머쥔 변호사라는 칭호가 꿈처럼 사라졌어…."

소스케는 곤란한 표정을 지었다.

"으음, 뭐라고 해야 할까…. 그러니까, 너무 신경 쓰지 마. 그럼 난 이만…."

"카부라야 님, 잠시 기다리십시오."

재빨리 돌아가려고 하는 소스케를 타테야마가 불러 세웠다.

"네?"

"카부라야 님. 낙담한 아가씨를 위로해주실 수 없으실까요."

“네?”

“뭐?!”

브렌다가 황급히 고개를 들고 타테야마를 쳐다봤다.

타테야마는 평소의 무표정 그대로 담담하게 말했다.

“원래는 아가씨의 멘탈 케어도 제 역할입니다만, 공교롭게도 업무가 바빠서요.”

그러자 소스케가 당황한 표정을 지었다.

“으음—. 뭐, 늘 신세를 지고 있으니 나라도 괜찮다면 뭐든 말해 봐.”

“뭐, 뭐든?!”

눈을 크게 뜨고 확인하자 소스케가 “그래.” 하며 고개를 끄덕였다.

‘이, 이건 천재일우의 기회 아닐까?! 타테야마, 잘했어!’

흘끗 타테야마를 쳐다보자, 그녀는 미묘하게 우쭐거리는 표정을 지었다.

브렌다는 재판으로 피폐해진 머리를 필사적으로 굴리며 최선의 답을 생각했다.

‘뭐든? 뭐든 말해도 괜찮은 거지? 아니, 그래도 너무 갑작스러운데… 무섭기도 하고…. 하지만 이런 기회는 거의 오지 않을 거야. 어느새 그 도둑고양이가 소스케 군의 집에서 같이 저녁을 먹을 때도 있다고 했잖아…. 우물쭈물할 시간이 없어…! 용기를 내자!’

마음을 굳게 먹은 브렌다는 뺨을 새빨갛게 물들이며 머뭇머뭇 말했다.

"그, 그럼… 같이 있어 줘."

"알겠어."

"정말?!"

소스케가 즉답하자 기쁨보다 경악이 앞섰다.

"그래. 밥을 먹든 쇼핑을 하든, 어디든 같이 가 줄게."

'그런 얘기일 줄 알았어!'

브렌다는 그렇게 외치고 싶은 마음을 꾹 참고 억지로 미소 지었다.

"그, 그래…. 그럼 같이 저녁을 먹자."

"그래. …어디든 같이 가겠다고 했지만, 너무 비싼 가게는 못 가."

변변찮은 말을 하는 소스케.

"어, 혹시 소스케 군이 사주려고?"

"뭐, 일단 그럴 계획인데."

"그, 그렇군. 그럼 모처럼이니 가게 선택은 소스케 군에게 맡길게."

가난한 탐정 소스케라면 패밀리 레스토랑이나 라면 가게를 고를 가능성도 있다. 그러나 브렌다는 소스케와 단둘이 밖에서 식사를 할 수 있다는 것만으로도 날아오를 것만 같았다.

"알겠어. 그럼 모레 밤에 시간 있어? 마침 사라가 학년 여행을 가는 날이거든.”

‘뭐?! 즉, 식사 후 소스케 군의 집에 가면 단둘이 있을 수 있다는 뜻인가?! 집에서 술을 마시다 분위기가 좋아져서 그대로—.’

“저기…?”

망상에 빠진 브렌다를 보고 소스케가 의아한 표정을 지었다.

“시, 시간 있어!”

“그럼 모레 밤에 보자. 가게 예약하면 다시 연락할게.”

그렇게 소스케는 사무소에서 나갔다.

타테야마도 배웅을 하러 따라 나가자, 방 안에 브렌다 혼자 남았다.

“야호—!!”

생각지 못하게 잡힌 소스케와의 데이트 약속에, 브렌다는 노아를 향한 분노를 깨끗이 잊고 환성을 질렀다.

미노와 히다

5월 19일 8시 32분

오늘은 시외리 중학교 1학년들이 학년 여행을 가는 날이다.

학년 여행이란 즉 수학여행 같은 것으로, 사와라 중학교에선 3학년이 가는 여행을 수학여행, 1학년이 가는 여행을 학년 여행이라고 부른다(참고로 2학년은 임해학교를 간다).

일단 수학여행과 차이는 존재했다. 수학여행 목적지는 학생들의 희망에 따라 달라지지만, 학년 여행 목적지는 매년 똑같다.

목적지는 기후현 히다 지방의 시라카와고.

합각구조라고 하는 급경사를 이룬 띠 지붕이 큰 특징인 건축 양식의 주택으로 유명한 마을로, 유네스코 세계문화유산에도 등재되었다.

어쩌면 『수학여행인데 같은 현에 있는 곳으로 가는 거야?!』라고 놀라는 사람이 있을지도 모른다. 그러나 기후현은 크게 남쪽의 미노 지방과 북쪽의 히다 지방으로 나뉜다.

기후시가 있는 곳은 미노 지방이다. 비옥한 노비평야를 중심으로 예전부터 교통의 요지로서 유명했다. 천하를 얻은 오다 노부나가가 거점으로 삼았다는 점을 보아도 지리적 중요성은 명백하다.

한편 히다 지방은 대부분 산으로 이루어졌다. 전국시대엔 아네가코지 가문이라는 굉장히 마이너한 다이묘가 다스렸고, 게임 『노부나가의 야망』에선 대체로 어느새 멸망하는 엄청난 약소 세력으로 등장하여 특이한 플레이를 좋아하는 플레이어들 사이에서 그럭저럭 인기가 있다.

원래는 미노국과 히다국이라는 완전히 다른 지방으로, 방언도 문화도 다르다.

메이지 시대에 실행한 폐번치현*에서도 처음에는 기후현과 히다현이 따로 있었으나, 몇 년 후 정부가 모든 현의 쌀 수확량이 60만 석 정도가 되게끔 조정하면서 미노와 히다를 통합했다. (*주석#7 폐번치현: 메이지 정부가 261개의 번을 폐지하고 전국을 부현으로 일원화한, 근대 일본의 중앙집권 정책 중 하나.)

즉, 미노와 히다가 같은 기후현인 이유는 지리와 문화가 비슷해서가 아니라 경제적인 사정 때문이었다.

그런 경위로 현대에 와서도 기후현민은 미노와 히다를 거의 다른 현으로 인식하고 있다. 미노와 히다를 오가는 건 어엿한 여행이다.

미노 지방에는 학교 행사로 히다에 가는 초등학교, 중학교가 많다. 사와라 중학교도 그중 하나였다.

오전 8시 반, 사라를 비롯한 1학년 학생들은 반별로 버스를 타고 시라카와고로 향했다.

시라카와고까지 가는 길은 약 세 시간.

1박 일정이지만 사라에게 있어선 이 세계에 전이한 이후 첫 1박 여행이었다.

사라는 가장 뒤의 다섯 명이 앉는 자리 중앙에 앉았다. 옆에는 사라의 희망에 따라 가신 야스나가 야요이와 친구 누마타 료코. 양쪽 끝에는 『사라 님과 같은 자리를 쟁탈하기 위한 자 싸움』에서 이긴 학생 두 명이 앉았다.

"아— 드디어 출발하는구나! 시라카와고는 어떤 곳일지 기대된다! 소첩은 너무 기대돼서 어제 한잠도 못 잤구나!"

버스가 출발하자 사라는 흥분 상태로 누마타 료코에게 말을 걸었다.

"딱히 재미있는 곳은 아니야."

"나도 알고 있다. 6월에 열리는 축제 날 매년 누군가가 죽고 누군가가 행방불명이 되는 위험한 마을이지?"

"『쓰르라미 울 적에』를 진지하게 받아들이지 마!"

사라의 말에 료코가 태클을 걸었다.

참고로 시라카와고는 처참한 살인사건이 일어나는 게임 『쓰르라미 울 적에』의 무대인 히나미자와 마을의 모델이다.

"농담이다. 료코는 히다에 관한 일이라면 금방 열을 내는구나."

"시끄러워."

료코는 살짝 뺨을 붉혔다.

"껄껄, 아무리 이상한 모양의 집이 있을 뿐인 오락거리나 즐길 게 없는 깡시골이라고 해도, 친구와 함께 여행하며 침식을 함께하는 것 자체가 소중한 경험이 될 게다."

"내가 친구로 있길 바란다면 히다를 무시하지 마."

료코는 게슴츠레한 눈으로 사라를 노려봤다.

그때, 옆에 앉아있던 야스나가 야요이가 끼어들었다.

"사라 님, 이 버스에는 노래방 기계가 있어요. 저희에게 사라 님의 노래를 또 들려주세요!"

"정말이냐! 당연히 불러야지!"

사라와 다른 초등학교 출신 아이들이 사라의 말을 듣고 "사라 님이 노래를 부르신다고?!" "졸업식에서 참석자 모두가 감동의 눈물을 흘리게 했다는 사라 님의 노래를 들을 수 있는 날이 오다니!" "사라 님과 같은 반에 배정돼서 정말 다행이야!"라며 환희했다.

바로 마이크를 건네받은 사라.

"시라카와고에 도착할 때까지 세 시간 동안 다들 신나게 놀아보자꾸나!"

사라가 마이크를 켜고 외치자 버스 안에 환성이 울려 퍼졌다.

이렇게 해서 버스 안에 사라 님의 공연이 시작되었다.

졸업식에선 장대한 발라드를 선보였던 사라는, 첫 번째 곡으로 업 템포의 록 음악, RADWIMPS의 『전전전세』를 골랐다. 히다가 성지인 극장판 애니메이션 『너의 이름은.』의 주제가다.

이어서 애니메이션 『빙과』의 주제가인 『미완성 스트라이드』, 애니메이션 『아다치와 시마무라』의 주제가 『너를 만난 날』, 애니메이션 『농림』의 주제가 『비밀의 문에서 만나러 와줘』, 영화 『루돌프와 많이있어』의 주제가 『검은 고양이의 노래』, 애니메이션 『나는 친구가 적다』의 주제가 『Be My Friend』, 영화 『빙과』의 주제가 『아이 올 라이트』, 영화 『목소리의 형태』의 주제가 『사랑을 한 것은』, 영화 『나는 친구가 적다』의 주제가 『하나만』 등, 기후가 무대인 작품 관련 곡을 선정하여 공연했다.

"…실사판 『나친적』은 기후 배경이 아니잖아? 아마 시가현에서 촬영했을걸. 비와호도 나오고."

료코가 태클을 걸었다.

"사소한 건 신경 쓰지 마라. 소첩이 총리대신이 되면 시가현을 기후에 병합할 게다! 아즈치성도 시가현에 있으니, 노부나가 님의 구 본거지와 새 본거지 둘 다 기후의 것으로 만들겠다! 비와호는 기후만으로 이름을 바꾸겠다!"

사라의 망언에 아이들이 "우오오오오오오오오오오! 기—후!

기—후! 사라 님! 사라 님!" 하고 떠들었다.

유일하게 료코만 "전부 바보들인가…."라며 어이없는 표정을 지었다.

그렇게 사라가 한 시간 이상 열창하는 동안 버스는 구죠하치만을 지났고, 애니메이션 『농림』의 삽입곡 『포니테일의 사십』을 부르는 도중부터 사라의 목소리가 점점 작아졌다.

"결혼하고파~… 바로 하~…… 으으…."

"야, 괜찮아? 안색이 안 좋은데."

이변을 깨달은 료코가 말을 걸었다.

"소, 속이 안 좋구나…."

창백한 얼굴로 대답한 사라가 마이크를 떨어트렸다.

사라가 한 시간 이상 버스를 탄 건 이번이 처음이었다. 또한 어젯밤엔 잠을 거의 자지 못했다.

게다가 이 버스는 고속도로를 달리지 않고 일반도로를 따라 시라카와고로 가고 있었다. 마침 얼마 전부터 좁고 커브가 많은 산길에 접어든 참이었다.

그런 상황에서 열심히 떠들었으니 멀미를 하는 게 당연하다.

"혹시 멀미약 가지고 있는 사람 없어—?"

"내가 가지고 있어!"

료코가 외치자 가까운 자리에 있던 아이가 대답했다. 멀미약을 받은 료코는 페트병에 든 녹차와 함께 사라에게 약을 먹였다.

"으으… 미안하다…."

하지만 멀미약은 먹자마자 바로 효과가 나오는 게 아니라서, 사라는 계속 좀비 같은 신음을 했다.

"아, 앞으로 15분 정도 더 가면 휴게소에서 화장실에 갈 수 있어요. 힘내세요!"

가장 앞자리에 앉은 담임 이와타가 외쳤다.

"사라 님, 이런 상태가 되실 때까지 저희를 위해 노래를 불러주시다니…!"

야요이가 눈물을 글썽였다.

"야, 이서."

료코가 자기 자리 앞에 있는 그물망 포켓에서 에티켓 봉투를 꺼내서 사라에게 건넸다.

"여기에 토해. 참을 수 없으면 그냥 토해도 돼."

"소, 소첩에게, 구토를 하라고…?"

경악한 사라가 몸을 떨었다.

"누마타! 사라 님은 구토 같은 건 하시지 않아!"

야요이의 말에 사라도 힘없이 고개를 끄덕였다.

"야요이의 말이 맞다…. 소첩은… 구토는 해본 적이 없다…. 이 정도는… 금방… 나을, 거…."

사라는 말하는 도중 눈을 감고 눈살을 찌푸렸다.

"오오… 속이 안 좋아서 집중할 수 없구나…. 설마 마술에 이런 약점이 있을 줄이야…. 구토하는 히로인… 유감계 히로

인과 똑같은 취급은 받고 싶지 않다우웨에에에에에에에에에에에에에엑."

결국 사라는 에티켓 봉투 안에 뱃속의 내용물을 쏟아 넣었다.

"아악—! 사라 님이 구토를 하셨어!"

"사라니이이이이이이이임!!"

"으으, 사라 님, 너무 가엾어…!"

버스 안은 마치 사라가 죽은 것처럼 슬픔에 감싸였다.

"토 냄새나. 다 토했으면 빨리 봉지 입구를 묶어."

"알겠다…."

료코가 얼굴을 찌푸리며 말하자, 속을 비우고 후련해진 사라는 기운 없는 목소리로 고개를 끄덕이며 에티켓 봉투 입구를 묶었다.

5월 19일 11시 38분

휴게소『깨끗한 물의 마을 시로토리』에서 휴식을 한 후 더욱 북쪽으로 올라가길 약 한 시간.

사라 일행은 드디어 목적지인 시라카와고에 도착했다.

참고로 휴식 후 사라는 담임선생님의 옆자리인 제일 첫 번째 줄로 옮겼다. 노래도 부르지 않았으나, "사라 님의 유지(遺旨)는 저희가 이어받겠습니다!"라며 야요이의 주도하에 노래자랑 대회(계속해서 기후 관련 작품의 곡을 선곡)를 개최하고 다들 신나게 놀았다.

"하~~~~ 시골은 공기가 좋구나!"

버스에서 내려 심호흡을 한 사라가 말했다.

"사라 님, 속은 좀 괜찮으신가요?"

야요이가 걱정스럽게 말을 걸었다.

"그래. 소첩은 완전히 부활했다. 두 번 다시 그런 실수는 하지 않겠다."

사라는 활짝 웃으며 대답했다.

"너무 우쭐거리니까 그렇지. 반성하라고."

료코의 말에 사라는 살짝 얼굴을 붉혔다.

"폐를 끼쳐서 미안하구나…. 그런데 료코가 그렇게 노래를 잘 부를 줄이야. 양키처럼 생겼으면서 선곡도 의외였다."

료코는 버스 안에서 크리스탈 케이의 『LOST CHILD』(영화 『사토라레』의 주제가)를 불렀다.

슬로 템포의 애절한 곡으로, 료코는 하이톤 보이스로 원곡 키 그대로 멋지게 완창했다.

"그, 그냥 좋아하는 거야. 너랑 상관없잖아."

"음, 정말 좋았다. 료코의 노래를 더 듣고 싶으니 다음에 노래방에 가지 않겠느냐?"

"내키면 갈게."

대화를 나누며 줄을 서서 다른 반과 함께 이동했다.

사와라 중학교 1학년 일동이 처음 찾아간 곳은 단체 손님도 들어갈 수 있는 커다란 식당이었다. 우선 여기서 점심을 먹을 예정이다.

자리에 앉아 잠시 기다리자 박엽 된장 정식이 나왔다.

박엽 된장이란 히다의 향토 요리다. 된장을 대파와 산나물, 두부, 고기 등과 섞어 박나무 잎에 올려 굽는다. 이 가게에서 나온 음식은 대파와 만가닥버섯, 두부와 돼지고기를 섞었다. 돼지고기는 히다 우마부타라는 브랜드 돼지고기였다.

박엽 된장 외에는 흰 쌀밥, 완코소바, 산나물, 채소 절임, 송어 조림.

박엽 된장 전골이 놓인 휴대용 버너 아래에 있는 파란 고형 연료에 점원이 차례대로 불을 붙였다.

"오오~ 이게 그 전설로 내려오는 수수께끼의 파란 고형 연료냐! 실물을 보는 건 처음이구나."

불이 붙은 고형 연료를 보고 사라가 떠들었다.

모든 테이블의 휴대용 버너에 불을 붙이자—.

"다들 손을 맞대세요! 잘 먹겠습니다!"

""""""""""잘 먹겠습니다!""""""""""

각 반마다 여행위원의 선창으로 손을 맞대고 인사한 후 식사가 시작되었다.

토해서 위가 텅 빈 사라는 기세 좋게 음식을 먹었다.

"밥은 박엽 된장이 다 끓을 때까지 남겨 둬."

료코가 주의를 주자 사라가 "흠?" 하고 고개를 갸웃거렸다.

"박엽 된장은 밥이랑 잘 어울리거든."

"정말이냐! 역시 료코는 히다 마스터구나."

"그렇게까지 잘 알진 않아."

"하지만 안심해라. 아까 점원이 밥은 얼마든지 더 주겠다고 했다!"

"너무 많이 먹으면 또 토할걸."

"…알겠다."

사라는 천천히 음식을 먹기로 했다.

"…흠. 그런데 이 쌀, 평소 급식 때 먹는 쌀과 맛이 전혀 다르구나."

사라가 천천히 밥맛을 음미하며 말하자 료코가 조금 기뻐하며 대답했다.

"오, 용케 알아챘네—. 이 쌀은 히다 고시히카리야."

"히다 고시히카리?"

"히다에서 키운 고시히카리. 일교차가 많이 나는 히다의 맑은 공기와 물은 고시히카리 재배에 적당해서, 엄청 맛있는 고시히카리가 자라."

"역시 정말 잘 아는구나."

사라가 슬쩍 태클을 걸었다.

"하, 할머니가 히다에서 쌀농사를 하시거든."

료코가 말하자 묵묵히 밥을 먹던 야요이가 도발하듯이 말했다.

"…흐—응, 그럭저럭 맛있긴 한데 하츠시모가 더 맛있어."

하츠시모란 주로 미노 지방에서 재배하는 쌀로, 사와라 중학교 급식에 나오는 쌀밥도 하츠시모를 썼다. 미노 지방의 풍부한 물과 비옥한 토양은 하츠시모 재배에 적당하다.

참고로 야요이의 집도 쌀 농가로, 하츠시모를 키우고 있다.

"뭐? 누가 뭐라 해도 히다 고시히카리가 훨씬 맛있지. 씹으면 씹을수록 쌀의 단맛이 나와서 최고라고. 그야말로 쌀의 왕이라고 할 수 있어."

"뭐? 하츠시모는 충분히 숙성한 후 수확하기 때문에 밥을 지어도 적당하게 단단하고, 어떤 요리에도 잘 어울리거든? 모든 음식이 하츠시모를 위해 존재한다고 해도 과언이 아니야. 그야말로 쌀 중의 쌀이라고."

서로 본인의 가족이 키우는 쌀의 장점을 어필하며 싸우는 료코와 야요이.

"말이 지나치네. 고시히카리가 압도적으로 더 유명하거든."

"그건 어디서나 흔히 키울 수 있는 쌀이라는 뜻이잖아?"

"맛있으니까 어디서든 키우는 거지!"

"하츠시모는 거의 기후에서만 자라기 때문에 환상의 쌀이라고 부를 정도야! 희귀도가 압도적으로 높거든!"

"희귀하다는 건 즉 마이너하다는 뜻이잖아! 진짜 엄청나게 맛있다면 다른 지방에서도 키우겠지!"

"윽…."

야요이가 분한 듯 신음하며 반격했다.

"그보다 고시히카리, 고시히카리, 하고 강조하는데, 사실 히다 고시히카리보다 니가타의 우오누마 산이나 사도 산 고시히카리가 더 유명하지 않아? 게다가 고시히카리의 발상지는 후쿠이고. 왜 히다 고시히카리가 고시히카리를 대표하는 것처럼 말하는 거야?"

"으윽…!"

아픈 곳을 찔린 료코도 떫은 표정을 지었다.

그때 사라가 어이없다는 표정을 지으며 끼어들었다.

"둘 다 이런 곳에서 싸우지 마라. 미노 하츠시모도 히다 고시히카리도 둘 다 다른 매력이 있지 않으냐."

"Yes! My Lord!"

"칫…. 뭐, 네 말이 맞긴 해."

야요이가 바로 따르자 료코도 사라의 말을 인정했다.

"오, 슬슬 돼지고기가 익었겠구나."

사라가 기뻐하며 박엽 된장의 돼지고기를 젓가락으로 집어 밥 위에 올리고 입에 넣었다.

"맛있어!!"

5월 19일 15시 53분

점심 식사 후, 중학생들은 반별로 시라카와고를 보러 다녔다.

농기구와 생활용품 등이 전시된 묘젠지 향토박물관과 시라카와고 최대의 합각구조 건물이며 민가로서 중요문화재이기도 한 『와다가 주택』에 들어가 합각구조 건물의 생활을 구경하는 것을 비롯하여, 기본적으로 장대한 자연 속에 합각구조 건물이 늘어선 소박한 마을 풍경을 그저 걸으며 둘러봤다— 그게 이 학년 여행의 메인 이벤트다.

그래도 평소 생활하는 곳과는 다른 마을을 다 같이 걷는 건 그것만으로도 특별한 이벤트였다. 다들 들떠서 사진을 찍으며 즐거워했다.

그리고 16시 조금 전, 산책을 끝낸 사라 일행은 오늘 잠을 잘 민박집으로 향했다.

각 반의 남녀별로 민박집을 잡았다. 이곳엔 1학년 3반 여학생 18명과 부담임인 여성 교사뿐이다.

참고로 이 민박집도 합각구조 건물이다.

인솔 교사가 민박집 종업원과 이야기를 시작했다. 학생들은 여주인을 따라 2층의 넓은 방에 들어갔다. 오늘 밤엔 모두 여기서 잠을 잔다고 했다.

"저녁은 6시부터이니 그때까지 편하게 있으렴."

"오늘 저녁은 어떤 음식이 나오느냐?"

사라가 질문했다.

"오늘 저녁 메뉴는… 스테이크야."

"정말이냐! 기대되는구나!"

여주인의 대답에 희색만면한 웃음을 짓는 사라. 그런 사라를 보고 여주인이 "후후후." 하고 어딘가 장난스러운 미소를 지으며 방에서 나갔다.

"스테이크라니 호화롭구나—! 이런 깡시골에 온 보람이 있어!"

"히다를 무시하지 말라니까."

료코가 말했다.

"이런. 미안하다, 미안해!"

웃으며 사과하자 료코가 살짝 목소리 톤을 낮췄다.

"…스테이크가 그렇게나 기대돼?"

"물론이지! 히다규 스테이크지 않으냐! 슈퍼에서 반값 세일하는 고기조차 엄청 맛있는 히다규를 본고장에서 먹을 수 있지 않으냐! 점심때 먹었던 히다 우마부타라는 것도 맛있었다. 돼지조차 그렇게 맛있다면, 소고기 스테이크는 그야말로 꿈을 꾸는 듯한 맛이 날 게 틀림없다! 아~~~ 기대돼~~~~!"

당장 춤을 출 만큼 기뻐하는 사라.

"그렇구나…. 히다규 스테이크가 나오면 좋겠네…."

료코는 어딘가 거북한 표정을 지으며 중얼거렸다.

5월 19일 18시 1분

저녁 식사 시간이 되자 사라 일행은 1층의 커다란 방에 모였다.

방 중앙에는 큰 탁자를 두 개 붙여서 놓아뒀고, 그 주위에 방석이 깔려있었다.

"스테이크♪ 스테이크♪ 멋진 스테이크는 아직이냐♪"

야요이, 료코와 나란히 앉은 사라가 콧노래를 흥얼거리며 기다리자, 종업원이 식사를 가져왔다.

우선 흰 쌀밥. 이어서 산나물. 히다의 향토 요리인 코모두부(대오리 형태의 도구로 두부를 단단하게 감싸고 국물 맛이 배어들게 한 것), 코로이모(알이 작은 감자를 매콤달콤하게 졸인 것), 팽이버섯 된장국.

그리고 케이짱— 히다 지방 남부와 오쿠미노(미노 지방 북부)의 향토 요리로, 작게 자른 닭고기를 양배추와 함께 된장과 간장 등을 베이스로 한 소스에 재워서 구운 음식.

"와아! 스테이크가 나오는데도 닭고기까지 나오다니! 히다 사람들은 손님을 융숭하게 대접하는구나!"

사라가 환희와 경악에 눈을 크게 떴다.

그리고 드디어.

"자, 기다리던 스테이크가 나왔어."

여주인이 환하게 웃으며 사라의 앞에 철판 접시를 놓아뒀다.

"오오—…."

김이 모락모락 나며 맛있는 냄새를 풍기는 철판을 보고 사라의 미소가 천천히 사라졌다. 표정이 의문으로 가득 찼다.

철판 접시 위에는 달걀물을 부어 구운 배추밖에 없었다. 위에는 가다랑어포를 뿌렸다.

"하… 하하—. 혹시 이 배추 아래에 히다규 님이 숨어있는 게냐?"

사라가 식은땀을 흘리며 추리했으나.

"…없어."

료코가 담담하게 말했다.

"흠?"

"…히다규는 없다고. 여기 있는 이 음식이 히다의 스테이크야."

"아닌데?"

사라는 고개를 갸웃거렸다.

"맞다니까. 히다의 향토 요리, 『절임 스테이크』라고 해. 배추절임을 굽고 간장을 뿌린 후 달걀물을 부어서 다시 굽는 요리야. 그것뿐이야."

STEAK

"…아닌데? 그런 건 스테이크가 아니지 않느냐?"

"솔직히 나도 그렇게 생각하지만, 이름이 그러니까 어쩔 수 없지."

계속 현실을 부정하는 사라에게 료코가 슬픈 미소를 지었다.

"부모님이 『오늘 저녁에는 스테이크를 먹을 거야.』라고 하셔서 기대했더니 이게 나왔을 때— 히다 아이들은 대부분 절망해."

"거의 학대 아니냐?"

"아니, 그건 아니지."

사라가 진지하게 항의했으나, 료코는 테클을 걸 뿐이었다

"음……."

사라는 말 없이 매달리는 듯한 눈빛으로 료코를 바라봤다. 료코가 휙 시선을 피했다.

이어서 야요이를 바라보자 야요이 역시 휙 시선을 피했다.

"야요이…. 그대도 알고 있었느냐?"

"죄, 죄송합니다! 사라 님께서 실망하실까 봐…."

"아니, 괜찮다…."

사라는 절임 스테이크를 빤히 바라봤다. 그 눈에 글썽… 눈물이 맺혔다.

"울 정도로 실망했어?!"

"울지 않았다…."

사라는 눈물을 닦았다.

“히다의 음식에 기대했던 소첩이 어리석었구나…. 영화의 성지가 되었으면서도 영화관이 없는… 역사상 유명한 인물은 기껏해야 료멘스쿠나밖에 없지만 그건 위인이라기보단 요괴에 가깝고…. 사루보보라는 얼굴 없는 갓난아기 인형을 마스코트로 파는 이해할 수 없는 센스…. 구운 배추절임을 스테이크라고 부르는 이상한 언어 감각…. 유일한 장점이라고 해도 좋을 히다규는 사실 미노에서도 잔뜩 키우고 있고. 소첩이 대통령이 되면 히다 따윈 토야마현에 줘버릴 게다! 기후는 대신 토야마만(灣)을 받겠다!”

“말도 안 되는 소리 하지 마! 물론 기후시보다 토야마가 훨씬 가깝긴 하지만…. 너무 풀 죽지 마. 절임 스테이크도 꽤 맛있어. 밥이랑 잘 어울리고.”

전에 없이 히다를 비난했는데도 사라를 위로하는 료코. 사라는 “그래….” 하고 힘없이 고개를 끄덕였다.

그러는 동안 모든 자리에 음식이 차려졌다. 손을 맞대고 인사한 후 먹기 시작했다.

료코가 말한 대로 절임 스테이크는 밥과 잘 어울렸다. 무엇보다 케이짱이 굉장히 맛있어서, 사라도 간신히 기분을 풀었다.

5월 19일 19시 36분

"후힛~~~ 목욕물이 아주 좋더구나. 역시 큰 욕조는 좋아! 료코, 다음에 같이 대중목욕탕에 가지 않겠나?"

"내키면 갈게."

저녁 식사 후 목욕탕에 들어간 뒤 2층의 커다란 방에 돌아오자 벌써 이불이 깔려있었다.

사라는 중앙을 고르고, 양옆에는 료코와 야요이가 자리를 잡았다.

소등 시간인 10시까지 자유시간이다. 1학년 3반 여학생들은 다 같이 게임을 하며 놀았다.

『퀴즈! 적당한 선을 맞춰봅시다!*』라는 보드게임과 같은 내용이었지만, 보드게임의 적정 플레이 인원은 열 명까지라서 도구 대신 메모지와 트럼프를 사용했다. (*주석#01: 「'뜨거운 커플'이라는 표현에 적당한 온도는?」「'호화로운 식사'라고 부를 수 있는 외식은 어느 가격 이상부터?」 등과 같은 내용에서 적당한 수치를 맞추는 보드게임.)

규칙은 간단하다. 우선 플레이어 중 누군가가 『이 안에 짝사랑을 하는 사람은 몇 명 있을까?』나 『1년 동안 편안하게 사는 데 필요한 금액은?』 등 숫자로 대답할 수 있는 문제를 내면 모두 종이에 답을 적고 숫자가 적은 순서대로 나열한다.

전부 나열했을 때 중앙에 있는 답을 쓴 플레이어가 50점을 획득, 가장 적은 숫자를 쓴 플레이어와 가장 큰 숫자를 쓴 플레이어가 −10점을 받는다.

평범한 퀴즈와 달리, 지식량에 무관하게 다른 플레이어의 답을 예상하고 가장 평균적인 수치를 쓰는 게 비결이다.

"이 안에 남자친구가 있는 사람의 수가 최소 0에 중앙이 1, 최대 2라니! 다들 우리 반을 얼마나 인기 없는 집단이라고 생각하는 거야?!"

"같은 반에 잘 생겼다고 생각하는 사람의 수, 중앙이 6!"
"말도 안 돼! 너무 많잖아?!"
"그, 그런가? 얼굴만 보면 의외로 다들 괜찮은데…."

"결혼할 사람에게 기대하는 연봉은… 누마타, 진짜 없어도 돼?!"
"난 내 생활비는 내가 벌고 싶거든."
"오오— 멋있어…."

"평생 동안 벌고 싶은 금액, 사라 님의 1아승기(10의 56승) 5천 항하사(10의 52승)가 단연 최대수예요."
"정말이냐! 누군가는 나유타(10의 60승) 정도를 원할 줄 알았는데!"

…이런 식으로 모두 평등하게 게임에 참가하여, 제출한 답

에 따라 다른 플레이어의 의외의 면모를 엿보면서 자연스럽게 대화를 나눴다. 대인원으로 친목을 다지기엔 최적의 게임이다. 여러분도 꼭 해보시길.

다 같이 웃으며 노는 동안 눈 깜짝할 사이에 소등 시간이 되었다.

최종적으로 1등을 한 사람은 야요이.

최하위는 단연 사라.

이쪽 세계에 온 지 벌써 반년이 지났는데도 아직 일반인과는 감각이 달랐다.

5월 19일 22시 4분

"자, 그럼 제2라운드를 시작해보자꾸나!"

소등 시간이 지나 방의 불을 끄고 다 같이 이불에 누웠으나, 물론 바로 잠을 자는 사람은 아무도 없었다.

다 같이 얼굴을 마주 보고 서로 대화를 할 마음으로 가득했다.

"하아…. 난 이제 자고 싶은데…."

료코가 불평하면서도 일어났다.

"사라 님, 무슨 이야기를 하실 건가요?"

야요이가 물었다.

"학년 여행 날 밤이라면 당연히 연애 이야기를 해야지. 아까 게임에서 남자친구가 있는 사람의 수라는 문제가 나왔는데, 실제로는 어떠냐? 남자친구가 있는 사람 없느냐?"

사라가 질문해도 손을 드는 사람은 아무도 없었다.

"이런…. 우리 반 여자애들은 진짜 인기가 없는 게냐…?"

"그러는 넌 어떤데. 소문에 의하면 초등학생 때 고백을 많이 받았다며."

"으—음…. 소첩은 아직 연애에 관심이 없어서…."

"그럼 왜 연애 이야기를 하자고 말을 꺼낸 거야!"

사라의 말에 료코가 태클을 걸었다.

"소첩은 관심이 없지만 같은 반 아이들의 연애 사정은 알아두고 싶었다. 그럼 좋아하는 사람이 있는 사람은 없느냐? 야요이는 어떠냐?"

"전 사라 님의 가르침에 정진하느라 연애에 한눈을 팔 여유가 없습니다!"

"오오…. 지나치게 금욕적이라 별로구나."

완전히 진심인 야요이의 대답에 사라가 쓴웃음을 지었다.

그때 같은 반 아이 한 명이 말을 꺼냈다.

"저기… 멋있다고 생각하는 사람이라면 있습니다!"

여자아이들이 오오— 하고 흥분했다.

"어, 누구지? 누구냐? 우리 반이냐?"

"남자가 아니라… 2학년인 나가나와 유나 선배예요…."

"뭐라고?!"

사라가 깜짝 놀랐으나, 다른 여자아이들도 동의했다.

"아— 나도 그래! 나가나와 선배, 멋있지."

"맞아!"

"사라 님, 나가나와 선배와 사이좋으시죠? 선배, 사귀는 사람이 있나요?"

사라는 미묘하게 말을 흐렸다.

"유나가 그렇게 인기가 있었을 줄이야…. 그러고 보니 밸런타인데이 때도 초콜릿을 잔뜩 받아왔었지…. 역시 쿨한 츤데레는 강하구나."

그때 다른 여자아이가 말했다.

"여자도 괜찮다면 저도 좋아하는 사람이 있어요!"

"누구냐—?"

"구세 그래스호퍼라는 여성 록 밴드의 리비아 님이요!"

"풉!"

생각지 못한 이름에 웃음을 터뜨렸다.

"은발에 굉장한 미인인데 기타도 잘 쳐서 멋있어요!"

"음— 난 잘 모르겠어."

"얼마 전에 다른 멤버가 구속당해서 뉴스에 나왔잖아. 그 밴드야."

"아— 그런 이야기가 있었지."

"자, 이게 그 동영상."

리비아의 이름을 말한 여자아이가 태블릿으로 구세 그래스호퍼의 라이브 영상을 재생해서 모두에게 보여줬다.

"오— 확실히 엄청난 미인이네."

"그보다, 왠지 곡도 좋은데?"

"노래도 잘 부르고."

"키보드를 치는 사람이 구속당한 사람이야?"

"응. 곡은 전부 이 사람이 썼대."

"헤에—… 정말 멋있네."

여자아이들은 동영상에 정신없이 빠져들었다. 료코마저 가볍게 손가락을 흔들며 리듬을 탔다.

그런 아이들을 보고 쓴웃음을 지은 사라는, 직후 크게 하품을 했다.

"후아아암…. 소첩은 이미 한계에 도달했다…."

눈을 감고 순식간에 잠이 든 사라.

구세 그래스호퍼 동영상 감상회는 그 후로도 부담임이 주의를 주러 올 때까지 이어졌다.

이리하여, 쿠사나기 사라의 첫 여행 날 밤이 깊어갔다—.

실수?

5월 20일 7시 12분

사라가 이 세계에서 처음으로 1박 여행을 만끽한 다음 날 아침.

사라의 아버지인 카부라야 소스케는 사무소 겸 자택의 다다미방에서 눈을 떴다.

꾸물꾸물 이불에서 몸을 일으키자 두통이 덮쳐와, 얼굴을 찌푸렸다.

'아야야… 머리가 아파….'

같은 방에 깔린 사라의 이불에는 물론 지금은 아무도 없다.

그러나.

소스케가 자던 이불에 다른 사람이 한 명 더 자고 있었다.

게다가 전라 상태로.

중학생이라고 해도 위화감이 없을 만큼 이상하게 어린 외모에 빨간 머리카락의 몸집이 작은 여자.

변호사 아이사키 브렌다가 어째선지 소스케의 옆에 나체로 자고 있었다.

'어어?!'

눈을 크게 뜨고 경악한 나머지 소리가 나오지 않는 비명을 질렀다.

'어, 어째서 브렌다 씨가! 내 이불에! 같이! 나체로! 서, 설마…?! 하지만 이 상황은 평범하게 생각하면….'

두통과 혼란으로 비명을 지르는 머리를 필사적으로 움직이는 소스케의 눈앞에서, 잠든 브렌다가 "으응…." 하고 흐트러진 한숨을 내쉬었다—.

(끝)

작가 후기

기무타쿠의 방문 시기야말로 전성기—.

이 후기는 『기후 노부나가 축제』에서 기무라 타쿠야가 노부나가로 분장하고 퍼레이드 행사를 한, 행사를 보러고 기후시 인구보다 더 많은 46만 명이 입장한 날의 며칠 후에 쓰고 있는 것입니다. 저도 우연히 축제 날 취재를 하러 기후를 찾아갔었는데요. 기후시가 그렇게 많은 사람으로 넘치는 광경은 본 적이 없었습니다. 농담이 아니라, 그날이 기후의 전성기가 아니었을까? 라는 생각을 했습니다.

그건 차치하고, 이세계 황녀님은 중학생이 되었고, 종교가는 유치장에서도 포교 활동을 하고, 여기사는 점점 어둠의 세계와 관계를 깊이 하는— 이미 작가조차 장르를 알 수 없는 카오스 군상 희극 『괴짜의 샐러드 볼』 4권, 재미있게 읽으셨길 바랍니다.

특히 이번에는 브렌다&노아의 법정물 파트를 집필할 때 정말 고생해서 오랜만에 간행을 한 달 연기하고 말았습니다. 관계자 여러분께 폐를 끼쳐서 죄송합니다.

경험이 없는 장르에 도전할 때 우선 사전 조사부터 시작하는데요. 막연하게 생각했던 전개가 현실의 법률과 제도상 불가능하다는 사실이 판명되었습니다. 애초에 3권 마지막처럼 내부자 거래로 갑자기 경찰이 찾아오는 일 자체가 거의 없다는 사실을 알게 되어, 처음부터 궤도 수정을 하게 됐습니다. 노아가 저지를 만한 범죄의 이미지를 떠올려 보고 어렴풋이 내부자 거래를 골랐던 건데, 그냥 평범한 사기죄로 할 걸 그랬어…. 고생한 만큼, 특이한 소재가 많은 『괴짜 샐러드』 안에서도 한층 이색적인 에피소드가 되었습니다.

이번 커버 일러스트 배경은 킨카산&기후 성. 기후성에 가장 가까운 버스 정류장인 『기후 공원 역사박물관 앞』 정류장에서 내리면 바로 표지와 똑같은 풍경을 감상하실 수 있으니, 여러분도 꼭 중학교 교복을 입고 표지와 똑같은 구도의 사진을 찍어보세요. 프라푸치노는 가까운 커피숍이나 편의점에서 사실 수 있을 겁니다.

그리고 이번에 사라가 기후시를 벗어나 히다 지방으로 원정을 갔습니다. 작중에 쓴 대로 영화관도 없고 놀 만한 장소도 거의 없는 지역입니다만, 사실은 슈퍼 카미오칸데라는 뉴트리노 관측 시설이 히다의 산 깊숙한 곳에 있습니다. 여기서 연구한 성과로 노벨 물리학상을 받기도 했습니다. 합각 구조라는 먼 옛날의 문화유산과 세계 최첨단 연구 시설이 있는 독특한 지역, 그게 히다입니다. 실제로 살 거라면 히다보다 미노가 훨씬 지내기 편하겠지만, 개성이라는 관점에서는 히다가 훨씬 강하다고 할 수 있습니다. 영상 작품의 성지로 선택받는 것도 이해가 되죠.

2022년 11월 중순

히라사카 요미

■ 알림

소학관의 코믹스 공개 사이트 『선데이 웨브리』에서 9월부터 괴짜 샐러드의 코미컬라이즈판이 드디어 연재 개시했습니다. 야마다 코타로 선생님의 압도적인 만화력으로 그린 캐릭터들, 그리고 기후의 거리를 보시면 『사라와 리비아는 정말 존재하는구나! 기후는 정말 존재하는구나!』라고 착각하실 겁니다. 최고의 코미컬라이즈를 여러분도 꼭 보시기 바랍니다. 리비아의 섹시한 장면도 잔뜩 있습니다.

후기

일러스트를 담당한 칸토쿠입니다.
여전히 단숨에 읽을 수 있는 재미와 적절한 템포가 기분 좋네요.
일러스트의 높은 소재율이 이 작품의 테이스트를 말해주고 있습니다.
색기가 부족한 것 같아서
일단 온천 일러스트를 그려보았습니다.

본편에선 사라와 친구들의 중학교 생활이 시작되었습니다.
제가 모르는 지역의 이야깃거리가 전부 재미있네요.
역시 음식은 문화구나, 하는 생각이 듭니다.
절임 스테이크도 먹어보고 싶네요.
매일 먹으면 염분 과다가 될 것 같아.

KANTOKU

Shift Novel

괴짜의 샐러드 볼 4권

2025년 09월 01일 초판 인쇄
2025년 09월 15일 초판 발행

저자 히라사카 요미
일러스트 칸토쿠
옮긴이 반기모

발행인 김석환
편집인 박효선
편집팀장 이주은
책임편집 신재명
국제업무 이주은, 이현아
영업마케팅 배준석, 최나은
표지디자인 이은영

펴낸 곳 (주)YNK MEDIA
주소 서울특별시 영등포구 은행로 11 일신빌딩 8층 YNK MEDIA
전화번호 02-3215-9556
팩스 02-3775-4705
출판등록 제2016-000169호

HENJIN NO SALAD BOWL Vol.4
by Yomi HIRASAKA

1-7320-736-5 (04830)
-7179-491-1 (세트)